"내 글을 모두 짧게 자르고

장식적인 요소들을 모두 없앤 다음,

묘사가 아니라 문장을 만들려고 한 후부터

글쓰기가 아주 멋진 일이 되었다."

—어니스트 헤밍웨이

내 글을 빛나게 하는

SNS 문장 강화

내 글을 빛나게 하는

SNS 문장 강화

초판 1쇄 발행 2020년 07월 20일

지은이 고학준

펴낸이 김왕기
편집부 원선화, 김한솔
디자인 푸른영토 디자인실

펴낸곳 (주)푸른영토
주소 경기도 고양시 일산동구 장항동 865 코오롱레이크폴리스1차 A동 908호
전화 (대표)031-925-2327, 070-7477-0386~9 팩스 | 031-925-2328
등록번호 제2005-24호(2005년 4월 15일)
네이버검색 푸른영토
홈페이지 www.blueterritory.com
전자우편 designkwk@me.com

ISBN 979-11-88292-79-0 03800

내 글을 빛나게 하는

SNS 문장 강화

고학준 글

푸른영토

저자의 말

이 책은 문장성분, 수사법, 문체, 주술관계처럼 딱딱한 규칙은 다루지 않는다. 그 이유는 잘 아는 분야가 아니기 때문이다. 규칙을 몰라도 글 쓰는 데 문제는 없다. 셰익스피어나 세르반테스가 문법 공부를 따로 했다는 이야기를 들어본 적이 없다. 집 지을 때처럼 설계도면 비슷한 지침서를 옆구리에 끼고 글을 쓰는 셰익스피어를 상상하기 어렵다. 더군다나 세르반테스는 쉴 새 없이 감옥을 들락거렸다. 〈돈키호테〉의 구상도 감옥에서 했다. 글쓰기 공부를 할 만큼 여유로운 생활이 아니었다. 주어가 어떻고 서술어가 어떻고 하는 규칙은 세르반테스나 셰익스피어가 살던 시대에는 있지도 않았다. 규칙은 글과 문장이 등장하고 난 후 틀 세우기를 좋아하는 사람들이 만들어 놓았다. 글쓰기는 배워서 하는 일이 아니라 쓰면서 익히는 일이다.

글쓰기 규칙은 글을 쓰면서 혹은 책을 읽으면서 저절로 체득해야 한다고 믿는다. '소설 쓰는 법'과 같은 책도 마찬가지다. 읽고 싶다면 읽어도 좋다. 다만 그 책이 우리를 대신해 글을 써주지 않는다는 사실을 기억해야 한다. 글의 흐름이나 구성을 짜는 데 정해진 규칙이란 없다. 이런 능력을 타고났다면 모르지만 그렇지 않다면 최고의 방법은 책을 많이 읽거나 열심히 쓰는 길밖에 없다.

이 책은 문장을 고치고 다듬는 데 도움을 주는 책이다. 글을 어떻게 쓰든 어떤 주제를 택하든 그것은 각자의 일이다. 글쓰기는 창조적 활동이다. 주제를 정하는 일이나 각자의 개성까지 간섭한다면 글의 본질을 벗어나도 한참 벗어난 행동이다. 글쓰기는 정답이 없다. 어떤 문체가 좋다 나쁘다 말하기 어렵다. 길잡이가 필요할 때도 있지만 글쓰기는 망망대해를 혼자 헤쳐나가야 하는 길고 긴 여정이다. 한 가지 분명한 사실은 명확한 문장, 군더더기 없는 문장, 쉬운 문장을 쓸 줄 안다면 나머지는 쉽게 풀린다는 점이다.

글쓰기의 본질은 의미 전달이다. 실용문이든, 소설이든 의미 전달이 가장 중요하다. 의미 전달을 잘하려면 쉽게 써야 한다. '강아지가 똥을 눴다'고 써야지 '강아지가 생리현상을 해결했다'고 쓰지 말아야 한다. 글을 다듬고 고치는 이유가 바로 여기에 있다. 내가 쓴 글을 보고 이해하기 어렵거나,

장황하거나, 명확하지 않으면 끌이나 망치를 꺼내 들어야 한다. 다시 한번 강조하지만, 이 책은 문법적 오류나 맞춤법 혹은 띄어쓰기를 바로잡아주는 책이 아니다. 글 읽는 사람이 국어학자나 출판사 편집부나 교정 교열 출신이 아닌 이상 글자 하나하나를 보지 않는다. 독자는 글자가 아니라 문장을 본다. 나무가 아닌 숲을 본다. 정성스럽게 쓴 글을 끝까지 읽지 않는 이유는 단어나 띄어쓰기가 아니라 어색하거나 모호한 문장 때문이다. 담백한 글은 부실한 내용을 상쇄할 만한 힘이 있다. 이런 힘을 가지려면 끊임없이 문장을 다듬는 훈련을 해야 한다. 문법책을 달달 외운다고 해서 되는 일이 아니다.

오해하는 사람이 없기를 바라는 마음으로 규칙에 관한 이야기도 해둔다. 내 말이 자칫 규칙은 쓸모없고 중요하지 않다고 들릴지도 모른다. 아니다. 규칙도 중요하다. 하지만 규칙은 언어 능력에 큰 장애가 없다면 누구든 일정 수준에 도달한다. 대부분 '아버지가 방에 들어가셨습니다'라고 쓴다. '아버지 가방에 들어가셨습니다'라고 쓰는 사람은 없다. '멀리 보이는 수평선 너머로'라고 쓴다. '수평선 보이는 멀리 너머로'라고 쓰지 않는다. 띄어쓰기나 문법에 집착하다 보면 오히려 글 쓰는 데 방해가 된다. 띄어쓰기와 문법적 오류를 해결하는 일은 생각처럼 어렵지 않다. 이런 일을 해주는 프로그램도 많다. 프로그램을 활용하는 것도 나쁘지 않다. 프로그램을 활용해 반복해서 고치다 보면 프로그램 없이도 잘 쓰는 날이 온다. 물론 따로 공부하면 금상첨화다. 아직 어리고 시간이 많다면 그보다 좋은 방법은 없다. 하지만 대부분 그렇지 못하다. 많은 사람이 빠듯한 시간을 쪼개 글을 쓴다. 이때 프로그램은 큰 도움을 준다. 잘 활용하기 바란다.

이 책을 활용하는 방법은 이렇다. 처음부터 책의 내용을 적용하려고 하지 말고 일단 무조건 쓰고 싶은 글을 써라. 길이가 얼마가 되었든 상관없이 쓰고 싶은 만큼 써라. 그다음 한숨 돌려라. 하루나 이틀 정도면 적당하다. 이제 자신이 쓴 글을 소리 내서 읽어보라. 읽다가 어색하다 싶을 때 책을 참고하라. 국어 공부하듯이 책을 펼쳐 놓고 글을 써서는 안 된다. 이 책은 교과서가 아니라 참고서다. 그리고 한 달이면 한 달, 두 달이면 두 달, 일 년이면 일 년, 기간을 정해 두기 바란다. 정해진 기간이 끝나면 책을 보지 않아도 자연스러운 문장이 나오도록 해야 한다. 이 책의 역할은 더는 책을 보지 않아도 좋은 문장을 쓰도록 하는 데 있다. 책을 계속 봐야만 글이 써지는 상황은 이 책의 목적과 크게 어긋나는 일이다.

책의 구성은 크게 세 가지다. '몸풀기', '문장 고치기' 그리고 '글감 모으기'다. '몸풀기'에서는 글쓰기란 무엇인지, 어떤 글이 좋은 글인지, 글 쓸 때 조심해야 할 일은 무엇인지와 같은 글쓰기 전반에 관한 내 생각을 담았다. 본론으로 들어가기 전에 읽어두면 많은 도움이 되리라 믿는다. '문장 고치기'에서는 어수룩한 문장을 다듬는 15가지 방법을 소개한다. 이 책의 핵심 내용이 담긴 부분이다. 깎고 다듬는 시간이므로 도끼날을 날카롭게 세우듯 정신을 바짝 차려야 한다. 목표는 쉽고, 명확하고, 간결한 문장이다. 이 세 가지 원칙을 머릿속에 넣어두고 따라가면 좋은 결과를 얻으리라 믿는다. '글감 모으기'에서는 내 경험을 투영했다. 글쓰기는 창조 과정이므로 일반화하기 어렵다. 그래서 내 경험을 담았다. 내가 쓴 방법을 참고해서 자기만의 주제 정하기, 소재 발굴, 자료 찾기로 뻗어 나가야 한다. 다만 뼈대를 세우는 방법만큼은 규칙을 제시했다. 기초공사는 창조적인 과정이라기보다 문장을 튼튼하게 하는 구조적 과정에 가깝다는 생각에서다.

마지막으로 본문에 나오는 예문에 관해 말해 둔다. 많은 사람이 공감하는 글쓰기 책을 펴내고 싶었기에 글을 잘 쓰고자 하는 사람들을 방해하는 원인이 무엇인지 아는 일이 첫 번째였다. 그러려면 현장의 목소리가 필요했다. 블로그를 비롯한 SNS 만큼 좋은 현장은 없다. 예문은 블로그나 여러 SNS에 올라온 글과 단어를 조각조각 발췌해 새롭게 썼다. 대학 교수나 기성 작가 혹은 출판업계 종사자가 이 책을 볼 확률은 낮다. 블로그나 SNS에 글을 쓰려고 오늘도 고군분투하는 사람, 그리고 내 이야기를 책으로 엮어보고 싶은 일반인이 이 책의 독자층이다. 따라서 글을 잘 쓰고 싶어 하는 사람이 모인 곳에서 쓸 문장을 찾는 것은 당연한 일이다.

이 책은 블로그나 인스타그램을 비롯한 SNS에 글을 잘 쓰고 싶어 하는 사람과 더 큰 꿈을 이루려고 도전하는 사람을 위한 책이다. 글쓰기는 한 문장이든 한 권의 책이든 본질은 똑같다. 그것은 바로 '쉽고, 명확하고, 간결하게'다. 이 원칙을 가슴속에 새겼다면 떠날 준비는 모두 끝난 셈이다. 이 책이 당신의 여정에 조금이나마 보탬이 된다면 더 바랄 게 없다.

당신의 문장을 응원하며
고학준

Contents

글감 모으기 편

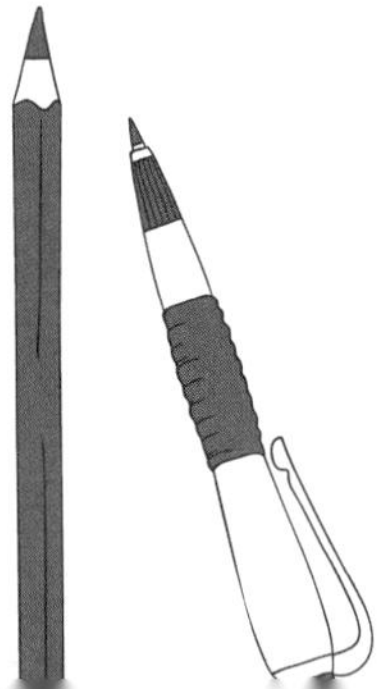

몸풀기 편

먼저 해야 할 일

시작하기 전에 할 일이 있다. 조각가에게 조각할 석재가 있어야 하듯 우리에게도 재료가 필요하다. 먼저 컴퓨터나 노트를 준비하라. 준비했다면 A4 한 장 분량의 글을 써라. 어떤 주제라도 상관없다. 자유롭게 써라. 어색한 표현이나 문법적 오류를 의식하지 말고 편하게 써라. 다 썼으면 책상 서랍에 넣어 두거나 문서파일로 저장하라.

다음으로 몇 가지 도구를 준비해야 한다. 비너스를 조각하려면 끌과 망치가 있어야 하듯이 우리에게도 그럴듯한 도구가 필요하다. 인터넷을 활용하든 사전을 뒤지든 명사, 동사, 형용사, 부사, 조사가 무엇인지 이해하라. 이 정도는 알고 시작하자. 당신을 무시하는 게 아니다. 뜻밖에도 많은 사람이 부사와 형용사, 동사를 제대로 구분하지 못한다.

가장 중요한 도구인 단어도 챙기자. 단어는 문장을 구성하는 기본 단위다. 단어를 많이 알아야 좋은 글을 쓴다. 이 책은 단어를 따로 다루지 않는다. 간단하게 익히는 방법만 알아보자. 단어 실력을 키우는 최고의 방법은 책 읽기다. 책을 읽으며 감명 깊은 구절이나 좋은 문장을 노트에 옮겨 적는다. 단순하면서도 가장 좋은 방법이다.

영어 단어 외우듯 단어장을 만들어 외우는 사람이 있다. 추천하지 않는다. 책을 읽으며 자연스럽게 익혀야 한다. 옮겨 적기는 좋은 단어를 익히면서 내게 필요한 정보를 수집하는 능력도 키운다. 정보를 수집하고 정리하는 능력이 중요한 이유는 책 후반부에 다룬다. 눈에 띄는 단어나 솔깃한 문장으로 짧은 글을 써보는 것도 좋다. 단어 공부와 함께 글 쓰는 실력도 좋아진다. 모든 준비가 끝났다면 출발해보자.

글쓰기의 어려움

'공부가 가장 쉬웠어요'라는 제목으로 눈길을 끌던 책이 있었다. 제목이 얄미워 공감하지 못하는 사람도 많았지만, 개정판이 나올 정도로 잘 팔렸다. 이 책이 잘 팔린 이유는 무엇일까? 얄밉기는 해도 틀린 말은 아니기 때문이다. 나 역시 주변에서 공부가 쉽다는 말을 심심치 않게 듣는다. 공부가 쉬운 이유는 무엇일까? '정답'이 있어서다. 공부는 정답을 찾아가는 힘겨운 과정이다. 하지만 힘들기는 해도 불가능한 일이 아니다. 공부를 쉽게 하는 사람도 많다. 1+1=2이고 대한민국의 수도는 서울이며, 모든 물체는 아래로 떨어진다. 여기에는 어떠한 거짓도 의문도 없다.

다시 질문해보자. '글쓰기가 가장 쉬웠어요'라는 말을 들어본 적이 있는가? 나는 들어본 적이 없다. 왜 그럴까? 글쓰기는 '정답'이 없기 때문이다. 공부는 창의적인 생각이 끼어들 여지가 없지만, 글쓰기는 창의적인 사고가 필요하다. 여기서 글쓰기가 어려운 이유를 신경학적으로 설명하겠다.

먼저 글 쓸 때 가장 중요한 뇌의 영역이 어디인지 알아보자.

내가 쓴 책 〈오래 하는 힘〉에 해답이 있다. 이 책의 핵심은 뇌다. 뇌에서도 '전두엽'의 기능에 중점을 두고 있다. 전두엽 활성화가 얼마나 중요한지 강조했다. 인지신경학자 엘코논 골드버그의 실험으로 글쓰기와 전두엽의 관계를 알아보자.

골드버그 교수는 실험 참가자에게 기하학적 무늬를 보여주고 두 개 중 하나를 고르라고 말했다. 그는 실험 시작 전에 맞고 틀린 답은 없다고 알려 주었다. 이 선택은 단순히 개인의 취향임을 강조했다. 교수는 실험 참가자를 세 그룹으로 나누었다. 첫 번째 그룹은 건강한 사람들이었다. 두 번째 그룹은 전두엽을 제외한 다양한 종류의 뇌 손상을 경험한 사람들이었고, 세 번째 그룹은 전두엽만 손상을 입은 사람들이었다. 실험 결과 엘코논 골드버그 교수는 전두엽에 손상을 입은 사람은 자기 생각을 체계화하는 데 어려움을 겪는다는 사실을 발견했다. 이들은 정답이 없는 기하학적 무늬를 선택하라는 지시를 제대로 따르지 못했다. 반면에 뇌의 다른 부분에 손상을 입은 사람과 건강한 사람은 아무런 문제가 없었다. 교수는 이 실험을 확장했다. 이번에는 보기(정답)를 보여주고 '보기와 가장 비슷한 것'과 '보기와 가장 다른 것'을 고르라고 말했다. 이 질문에 모호한 점은 없었다. 결과는 다른 두 그룹과 마찬가지로 전두엽에 손상을 입은 사람들도 문제를 풀었다.

엘코논 골드버그 교수의 실험은 정답이 없거나 모호한 상황일 때 전두엽이 얼마나 중요한 역할을 하는지 잘 보여준다. 정답이 없을 때 가장 필요한 능력은 무엇일까? 그것은 바로 창의성이다. 창의성을 발휘해야 하는 가장 대표적인 활동이 창작활동이다. 글쓰기는 창작활동의 우두머리다. 따라서 전두엽의 도움 없이 글을 잘 쓰기란 쉬운 일이 아니다.

그렇다면 글쓰기는 왜 어려울까? 미술작품을 관람하거나, 책을 읽거나, 영화를 보는 일과 직접 그림을 그리거나, 글을 쓰거나, 영화를 제작하는 일 가운데 어떤 활동이 어려울까? 당연히 후자가 어렵다. 그 이유는 전자는 전두엽을 많이 쓰지 않아도 되지만, 후자는 전두엽을 많이 써야 하기 때문이다. 전두엽을 활성화하려면 많은 에너지가 필요하다. 창조적인 사고를 하는 동안 뇌는 많은 에너지를 소모한다. 그래서 전두엽을 적극적으로 써야 하는 글쓰기는 누구에게나 어렵고 힘들다.

한 가지 위안이라고 한다면 글쓰기가 어렵기는 작가들도 마찬가지라는 점이다. 위대한 작가들 역시 글쓰기를 뼈를 깎는 고통에 비유하곤 했다. '창작의 고통'은 괜한 말이 아니다. 그런데 공부와 글쓰기는 차이점만 있는 것이 아니라 공통점도 있다. '공부에는 왕도가 없다'라는 말이 있다. 글쓰기 역시 마찬가지다. 글쓰기에 지름길 따위는 없다. 꾸준함이 최고다. 쉬지 말고 손을 놀려야 한다. 꾸준히 써야 하는 또 다른 이유가 있다. 글쓰기의 가장 중요한 고도의 정신활동을 순조롭게 해나가려면 전두엽을 단련해야 한다. 꾸준히 쓰는 일이야말로 전두엽을 단련하는 최고의 방법이다.

글 잘 쓰는 법이 있을까?

이렇게 말하면 실망하는 사람도 있겠지만, 글쓰기는 타고난 재능이 있어야 한다. 셰익스피어, 세르반테스, 톨스토이, 도스토옙스키, 발자크, 프란츠 카프카, 코난 도일, 조앤 롤링을 비롯한 위대한 작가들 가운데 체계적으로 글쓰기를 배운 사람이 있을까? 내가 아는 한 위대한 작가 대부분은 글쓰기를 따로 배우지 않았다. 그러나 실망할 필요는 없다. 글을 잘 써야 작가가 된다거나 책을 출간하는 시대는 끝났다.

요즘은 출판과 관련한 다양한 시스템이 잘 갖추어져 있어 마음만 먹으면 누구나 책을 쓰고, 출간한다. 셰익스피어나 헤밍웨이가 될 필요도 없고, 칼 세이건이나, 리처드 파인만처럼 한 분야의 전문가가 될 필요도 없다. 지금은 누구나 자기만의 개성을 살려 책을 쓰고 소비하는 시대다. 재능 있는 몇몇 사람의 책만 소비하는 시대가 아니다. 자기만의 독특한 세계관이나 경험, 그리고 정보의 재가공을 통한 창조적 사고가 글 쓰는 재능보다 중요하다. 그러므로 글 쓰는 재주가 남보다 뒤처진다고 해서 실망할 필요가 없다. 다만, 어느 정도 글 쓰는 능력을 갈고닦을 필요는 있다. 그렇다면 글 잘 쓰는 법이 따로 있을까? 이 질문에 이렇게 답하고 싶다. '셰익스피어가 될 수는 없지만, 글쓰기 실력을 키울 방법은 얼마든지 있다'고 말이다.

셰익스피어나 세르반테스처럼 잘 쓰고 싶다면 글쓰기를 포기하는 편이 낫다. 톨스토이나 헤밍웨이가 목표라면 도전해 보시라. 발자크 역시 나쁘지 않다. 이 책을 쓰고 있는 '나' 정도면 어떨까? 아주 좋다. 조금만 노력하면 나 정도는 쉽게 뛰어넘는다. 그러니 포기하지 마시라.

셰익스피어나 세르반테스가 어떻게 글을 썼는지 구체적인 사료는 없다. 분명한 사실은 두 사람이 살던 시대에 글을 쓰기란 지금보다 쉽지 않았을 거라는 점이다. 그러니 왜 두 사람을 내로라하는 모든 작가가 스승으로 추앙하는지 길게 말하지 않겠다.

건방지게 들렸을지 모르지만, 헤밍웨이나 톨스토이 정도면 도전해볼 만하다고 말한 이유는 그들 수준에 다다르기 쉽다는 의미가 아니라 그들에게 배울 점이 많다는 뜻에서다.

헤밍웨이는 〈노인과 바다〉로 노벨문학상을 받았다. 그의 업적이 모두 타고난 재능이었다고 말해서는 안 된다. 헤밍웨이는 〈노인과 바다〉를 쓰려고 원고를 400번이나 고쳤다. 괴테는 〈파우스트〉를 60년간 다듬고 고쳤다.

톨스토이 역시 마찬가지다. 그는 인쇄소까지 따라가서 글을 고쳤다. 톨스토이가 지인의 집에 놀러 갔을 때의 일이다. 자기 책이 책장에 꽂혀 있는 것을 본 톨스토이는 곧바로 책을 꺼내 펼쳤다. 그리고 이렇게 말했다.

"이렇게 형편없는 글을 썼다니 지금 썼으면 훨씬 더 잘 쓸 수 있었을 텐데."

발자크 역시 어마어마한 노력파였다. 발자크가 습작으로 쓴 원고는 그의 키보다 높았다.

레오나르도 다빈치는〈황야의 성 히에로니무스〉를 20년 동안 고치면서 그렸고, 〈모나리자〉는 의뢰인에게 전달하지 않은 채 죽을 때까지 수정하고 또 수정했다.

그들은 분명 재능이 있었지만, 재능을 꽃피운 것은 고치고 또 고치는 과정과 노력이었다. 그러니 톨스토이나 헤밍웨이를 목표로 하라. 그들의 수준이 아니라 그들이 했던 과정을 목표로 삼기 바란다.

글쓰기는 조각과 같다. 글쓰기는 붙이는 작업이 아니다. 깎는 작업이다. 깎고 또 깎을수록 멋진 작품이 태어나듯이 멋진 문장이 태어난다. 글을 다 썼으면 천으로 조각상을 덮어 놓듯 덮어두고 잠시 물러나 있어야 한다. 어느 정도 시간이 흐른 후 천을 걷어내고 다시 다듬어 나가야 한다. 왜 그런지 직접 경험할 기회를 주겠다. 나는 이 책 첫 부분에 무슨 글이든 좋으니 A4 용지 한 장 분량의 글을 써두라고 말했다. 이번에는 A4 반 장 분량의 글을 하나 더 써라. 그리고 하루나 이틀 정도 묵혀라. 그다음 다시 꺼내 읽어보라. 어색한 표현이 눈에 들어올 것이다. 이상한 문장이나 표현을 고쳐라. 그리고 다시 넣어두라. 이번에는 좀 더 긴 시간을 묵힌 다음 꺼내 읽어라. 또다시 어색한 부분이 보일 것이다. 언제까지 해야 할까? 더 고칠 것이 없다고 느껴질 때까지 반복하라.

성당 한쪽 벽면에 놓기에는 아까운 조각상이 있었다. 성당 측은 의뢰한 작품의 완성도가 너무 뛰어나 성당이 아닌 궁전으로 조각상을 옮겼다. 이 작품은 바로 미켈란젤로의 '다비드상'이다. 어느 날 교황이 미켈란젤로에게 물었다.

"당신은 어떻게 '다비드상' 같은 훌륭한 작품을 만들 수 있었습니까?"

미켈란젤로는 다음과 같이 말했다.

"아주 간단합니다. 다비드와 관련 없는 것은 다 버렸습니다."

이 일화는 내가 글쓰기에 관한 책을 쓴 이유를 말해준다. 〈SMS 문장 강화〉은 무엇을 버리고 고쳐야 하는지에 관한 이야기다. 글 잘 쓰는 방법은 처음부터 완벽한 글을 쓰려는 마음을 버리는 데서 출발한다. "말하려는 주제와 관련 없는 모든 것을 버려라" 이 말을 머릿속에 담아두고 책을 읽기 바란다.

노력해도 재능이 없으면 소용없다?

다음 두 기사를 읽어 보자.

“불광동에 사는 마흔 살 A 씨는 무려 10년 동안 하루도 빼놓지 않고 A4용지 스무 장에 달하는 양의 글을 써왔습니다. A 씨가 이처럼 열심히 노력한 이유는 학창 시절부터 꿈꿔왔던 작가가 되기 위해서입니다. A 씨는 각종 공모전에 수없이 응모했지만, 번번이 탈락의 고배를 마셔야 했습니다. 그의 꿈은 B사가 주최한 창작 공모전에 당당히 입상함으로써 마침내 실현되었습니다.”

“유명 스포츠 선수 B 씨가 어제 오후 유명 가수 C 씨와 데이트하는 장면이 목격되었습니다. 두 사람은 인터뷰 때마다 연인 관계라는 사실을 부인해 왔습니다만, 이번 일로 더 이상 숨길 수 없게 되었습니다.”

한편, 여기 작가가 꿈인 홍길동 씨가 있다. 많은 공모전에

응시했지만, 수상하지 못했던 그는 마지막이라는 심정으로 여러 출판사에 자신의 원고를 투고했다. 안타깝게도 열심히 글을 써온 그에게 단 한 곳도 출판 제의를 해오지 않았다. 의욕을 잃은 홍길동 씨는 결국 자신의 꿈을 접었다. 그리고 그가 내린 결론은 이렇다.

"아무리 노력해도 재능이 없으면 작가가 될 수 없다."

만약 당신이 기자라면 위의 두 기사 가운데 어떤 기사를 톱으로 쓰겠는가? 말할 것도 없이 두 번째 기사다. 심하게 말하면 첫 번째 기사는 기삿거리도 아니다. 개인의 사소한 일을 게재할 언론사는 없다.

이번에는 질문을 바꿔보겠다. 두 기사 중 어떤 기사가 우리 삶에 더 큰 영향을 끼칠까? 이 질문에 대한 대다수의 생각은 첫 번째 기사일 것이다. 더군다나 작가가 꿈이었던 홍길동 씨와 같은 사람에게는 더욱 그렇다. 만약 첫 번째 기사가 신문 1면에 게재되었고 홍길동 씨가 기사를 읽었다면 작가의 길을 포기했을까? 작가가 되려면 재능이 있어야 한다는 고정관념에 사로잡혔을까? 오히려 자극제로 삼아 힘을 내서 글을 쓰지 않았을까? 적어도 글쓰기를 그만두지 않았을 것이다.

주위에서 벌어지는 모든 일을 속속들이 아는 사람은 없다. 우리가 접하는 소식 대부분은 눈부신 재능과 화려한 능력을 갖춘 사람들의 이야기다. 소박한 꿈을 이뤄낸 사람에 관한 이야기는 기사화하지 않는다. 그래서 많은 사람이 고정관념에 사로잡힌다. 성공하려면 능력이 있어야 하고, 부모도 잘 만나야 하며, 좋은 학교를 나와야 한다고, 또 잘 생겨야 하고, 예뻐야 하며, 입담도 좋아야 하고, 운동도 잘해야 한다고 말이다.

학창 시절 언제나 함께했던 친구들이 있었다. 잠잘 때 외에는 거의 붙어 다니다시피 했다. 그런데 유독 한 친구의 성적이 좋았다. 우리는 모두 그 친구가 선천적으로 머리가 좋아서 그렇다고 생각했다. 모두의 눈에 비친 그 친구의 행동은 우리와 별반 다르지 않았다. 그러던 어느 날 모두가 잠든 새벽에 우연히 그 친구 집 앞을 지나게 되었다. 놀랍게도 친구의 방에 불이 켜져 있었다. 나중에 안 사실이지만, 그 친구는 우리와 같이 행동할 때 말고는 모든 시간을 공부해 투자하고 있었다. 단지 우리 눈에 띄지 않았을 뿐이다.

우리 주변에는 내가 해내지 못한 일을 포기하지 않고 묵묵히 해내는 사람이 많다. 단지 드러나지 않을 뿐이다. 대부분 사람은 과정보다 결과에 흥미를 느낀다. 신문이나 인터넷에 올라오는 기사의 대부분 역시 결과일 뿐이다. 결과를 낼 때까지 묵묵히 노력하는 과정을 기사화하는 기자는 없다. 특히, 그것이 사적인 일이라면 더 그렇다.

우리가 모르는 일, 눈에 보이지 않는 일이 일어나지 않으리라고 생각해서는 안 된다. 드러난 결과만 보며 판단하는 실수를 범해서는 안 된다. 지금도 우리가 모르는 누군가는 드러나지 않은 채로 우리가 할 수 없다고, 할 수 있는 사람은 따로 있다고 생각했던 그 일을 해내고 있다. 위의 첫 번째 기사에 나오는 마흔 살의 작가 지망생처럼 말이다.

글 쓸 때 가장 조심해야 할 일은?

처음 글 쓸 때가 생각난다. 글을 쓰고 싶다는 열망이 주체하기 힘들 정도로 솟아올랐다. 욕망을 분출하려고 아무 준비 없이 무작정 글을 썼다. 글 쓰는 방법도 몰랐고, 문법적 지식도 없었다. 그야말로 겁 없이 썼다. 돌이켜보니 그때 그렇게 쓰지 않았다면 영원히 쓰지 못했을 거란 생각이 든다. 다듬어지지 않았던 시절이지만 그렇기에 자유롭게 생각나는 대로 썼다. 가끔 그 당시 썼던 글을 꺼내 읽는다. 엿가락처럼 늘어진 문장들과 어색한 미사여구를 볼 때면 얼굴이 화끈거리고 쥐구멍에라도 숨고 싶지만, 글이 잘 써지지 않거나 글쓰기가 힘들 때 펼쳐보면서 힘을 얻는다. 글 쓸 때 피해야 할 못된 습관이 고스란히 담겨 있어 나를 다잡는 데 큰 도움을 준다. 지금도 조금만 한 눈을 팔면 똑같은 실수를 되풀이하곤 한다. 그러니 겁 없이 썼던 습작들은 숨기고 싶은 치부가 아니라, 스승과도 같은 교본인 셈이다.

글을 써본 사람은 알겠지만, 자신이 쓴 글이 멋져 보일 때가 있다. 누구에게든 자랑하고 싶어질 때가 있다. 그래서 참지 못하고 가까운 지인에게 보여 준다. 하지만 기대와 달리 뜨뜻미지근한 반응일 때가 많다. 초보들이 가장 많이 하는 실수가 바로 이 점이다. 글을 써 본 적 없거나, 글쓰기에 관심 없는 사람도 남이 쓴 글을 보며 어색한 문장이나 부적절한 단어를 금방 골라낸다.

글 쓸 때 경계해야 할 대상 제1호는 바로 자기 자신이다. 객관적으로 바라보지 못하기 때문이다. 기대에 차서 보여줬는데 예상과 다른 반응일 때 실망감은 두 배로 커진다. 이렇게 되면 의욕도 떨어지고 글쓰기가 싫어진다. 글 쓸 때 가장 조심해야 할 것은 바로 자만이다.

글을 쓰는 이유는 남에게 보여주기 위함이다. 자기만 보려고 글 쓰는 사람은 없다. 그렇기에 더 조심하고 신중해야 한다. 두 번, 세 번 검토해야 한다. 며칠 묵혀 뒀다가 다시 꺼내 읽기를 반복해야 한다. 이런 과정을 거친 후에도 자만해서는 안 된다.

나 역시 이런 경험이 있다. 당돌하게 주변 사람에게 보여주고 읽어보라고 권했다. 그때마다 돌아오는 반응은 멋쩍은 웃음뿐이었다. 실망감이 이만저만이 아니었다. 처음에는 글을 쓸 줄 모르니 글을 볼 줄도 모른다고 생각했다. 하지만 나의 착각일 뿐이었다.

어느 날 지인 한 분이 자기가 쓴 글을 읽어 봐 달라고 부탁했다. 그는 자신감이 넘쳐흘렀다. 어떤 글인지 궁금했다. 집에 와서 천천히 읽어 보았다. 내 글을 매몰차게 비판했던 사람한

테도 읽어 보라고 권했다. 반응은 나와 비슷했다. 아니 비슷한 정도가 아니라 똑같았다. 어떤 표현이 어색하고, 어떤 단어가 부적절한지 똑같이 느꼈다. 지인에게 원고를 돌려주면서 나 역시 멋쩍은 웃음으로 평가를 대신했다.

처음 쓴 글을 사랑해서는 안 된다. 그 사랑은 짝사랑으로 끝날 확률이 높다. 시간이 지나면 그 사랑은 진정한 사랑이 아니었음을 알게 된다. 처음 쓴 글은 스치는 바람같이 생각해야 한다. 어떤 유명한 작가는 이런 말을 남겼다.

"초고는 모두 쓰레기다."

좋은 글이란 어떤 글인가?

정치인이 자주 쓰는 말이 있다. "유연하게 대처하겠습니다"라는 말이다. 이 말을 듣고 '앞으로 잘하겠구나' 하고 생각하는 사람이 있을까? 이 말은 내가 알아서 할 테니 신경 쓰지 말라는 뜻으로 들린다. 아주 무책임하고, 듣는 이에게 믿음을 주지 못하는 말이다. 왜 그럴까?

"무엇무엇을 하겠습니다"라는 구체적인 내용이 빠져 있는 모호한 말이기 때문이다. 그래서 곤란한 상황이나 기자들에게 난처한 질문을 받았을 때 정치인들이 유용하게 써먹는 말이다.

좋은 글이란 무엇일까? 누가 읽어도 쉬운 글이다. 그렇다면 쉬운 글은 어떤 글일까? "유연성 있게 대처하겠습니다"처럼 모호한 글이 아니라 분명하게 쓴 글이다. 다음 두 개의 예문을 비교해 보자.

그는 멕시코 만류에서 조각배를 타고 홀로 고기잡이하는 노인이었다. 팔십 사일 동안 그는 고기 한 마리 잡지 못했다. 처음 사십

일 동안은 소년이 함께 있었다. 그러나 사십 일이 지나도록 고기 한 마리 잡지 못하자 소년의 부모는 그에게 이제 노인이 누가 뭐래도 틀림없이 살라오가 되었다고 말했다. '살라오'란 스페인 말로 '가장 운이 없는 사람' 이라는 뜻이다. 소년은 부모가 시키는 대로 다른 배로 옮겨 타게 되었는데, 그 배는 첫 주에 큼직한 고기를 세 마리나 잡았다. 소년은 날마다 노인이 빈 배로 돌아오는 것을 보고 가슴이 아팠다.

조이스의 최후의 작품인 〈피네간의 경야〉는 그의 〈율리시스〉가 낮의 걸작이듯이, 밤의 그것이다. 이는 비범한 수행이요, 전 서구 문학 전통의 축소된 형태로의 보기 드문 전사이다. 이 지고의 언어적 예술 기교는 인간의 성과 꿈의 어두운 지하 세계를 총괄한다.

어떤 문장이 읽기 쉬운지 한눈에 들어온다. 첫 번째 예문은 노벨문학상을 받은 헤밍웨이의 〈노인과 바다〉 첫 시작 부분이다. 고기 잡는 노인과 그를 따라다니며 걱정하는 아이의 모습을 담백하게 묘사했다. 두 번째 예문은 제임스 조이스의 작품 〈피네간의 경야〉 서문이다. 책의 내용도 어렵지만, 서문 역시 책을 읽어야 할 사람의 수준이 어떠해야 하는지 짐작게 한다. 흔히 쓰지 않는 어려운 단어가 글의 내용을 이해하기 어렵게 한다. 특정 부류의 사람을 위한 책이라면 몰라도 그렇지 않다면 굳이 어려운 단어를 써가며 독자를 한정할 필요는 없다.

〈샤이닝〉, 〈스탠드〉, 〈미저리〉, 〈쇼생크 탈출〉, 〈그린 마일〉 등 굵직한 작품을 쉴 새 없이 쏟아낸 스티븐 킹은 〈유혹하는 글쓰기〉에서 이렇게 말했다.

"글쓰기에서 정말 심각한 잘못은 낱말을 화려하게 치장하려고 하는 것으로, 쉬운 낱말을 쓰면 어쩐지 좀 창피해서 굳이 어려운 낱말을 찾는 것이다. 그러므로 이 자리에서 엄숙히 맹세하기 바란다. '존은 하던 일을 멈추고 똥을 누었다' 대신에 '존은 하던 일을 멈추고 생리 현상을 해결했다'라고 쓰는 일은 절대 없을 것이라고 말이다."

다음 두 문장을 비교해 보자.

나는 학교에 갔다.

나는 아침에 일어나 세수하고 밥을 먹은 후 옷을 챙겨 입은 다음 바둑이에게 눈인사하고 학교에 갔다.

위의 두 문장이 말하고자 하는 핵심은 무엇일까? 첫 번째 문장은 핵심이 명확하게 드러난다. 그런데 두 번째 문장은 빙빙 돌아 겨우 핵심에 다다른 것처럼 보인다. 첫 번째 문장은 상쾌한 느낌을 주는 반면 두 번째 문장은 다 읽고 나면 숨이 차다. 글을 쓸 때는 작가 자신의 호흡만 생각해서는 안 된다.

읽는 사람의 호흡도 생각해야 한다. 호흡이 길면 무슨 말을 하는지 이해하기 어렵다. 다시 말해 사족이 길면 좋지 않다는 이야기다. 좋은 글은 직설적인 글이다. 직설적인 글은 주어와 서술어의 간격이 좁다. 두 문장에서 주어와 서술어의 간격이 얼마나 되는지 살펴보라.

나는 -- 갔다.

첫 번째 문장의 거리는 한 뼘 정도다.

나는 ------------------------------갔다.

두 번째 문장은 버스로 치면 두 정거장쯤이다. 거리가 너무 멀면 가독성이 떨어진다. 글 쓸 때 주의해야 한다.

좋은 글은 짧고 명확한 글이다. 글쓴이의 의도가 담백하게 드러나야 한다. 글쓰기를 어렵게 생각하면 한도 끝도 없다. 글쓰기는 생각한 것만큼 복잡하지 않다. 정리하면 이렇다. 빙빙 돌리지 말고 쉽고, 간결하게 써라.

생각의 날개를 부러트려서는 안 된다

글은 생각을 전하는 도구다. 그렇지만 유일한 방법은 아니다. 글 이전에 말이 있었다. 글은 말의 전달이다. 이 과정에서 규칙이 생겼다. 글은 말을 틀에 짜 넣어 만든 하나의 형식이다. 이렇게 해서 글은 객관성을 띄게 되었다. 객관적인 글쓰기에서 글 쓰는 사람은 최대한 규칙을 따라야 한다. 하지만 글은 말에서 시작했다. 그리고 말은 글과 달리 주관적이다. 말을 함에 있어 규칙 따위는 필요 없다. 다섯 살 아이도 하고 싶은 말을 자유롭게 한다. 다시 말해 글이 아무리 객관성을 띠고 있다 해도 그 태생은 주관적이다. 글쓰기에 정답이 없는 이유다.

나 역시 글 쓸 때마다 많은 오류를 저지른다. 그렇지만 이 오류 역시 인위적으로 만들어진 규칙에 맞지 않을 뿐 불법은 아니다. 요점은 객관적 글쓰기를 유념하되 글은 주관적인 성격 또한 갖고 있으므로 규칙에 너무 얽매일 필요가 없다는 이야기다. 다시 말하지만, 규칙은 말이 생겨난 뒤에 인위적으로 만들어진 틀일 뿐이다.

언어는 멈춰 있지 않고, 유기적으로 움직이는 생명체와 같다. 자유로워야 좋은 글을 쓴다. 따라서 최대한 자유롭게 쓰되 약간의 양념을 추가하여 맵시를 더해 준다고 생각하라. 이것이 바로 글쓰기를 대하는 올바른 자세다. 매번 틀에 맞춰 글을 써야 했다면 나는 진작 글쓰기를 포기했다.

원고지에 글을 쓰던 시절 띄어쓰기와 맞춤법은 기본 중의 기본이었다. 원고지 작성법을 따로 공부하지 않으면 작가가 될 수 없었다. 하지만 지금은 상황이 바뀌었다. 틀릴 때마다 피 같은 원고지를 찢어 버리지 않아도 된다. 물론 띄어쓰기와 맞춤법을 공부하는 일은 바람직하다. 기본 중의 기본이니까. 그러나 가끔은 맞춤법을 틀려도 띄어쓰기를 틀려도 괜찮다. 일일이 신경 쓰며 글을 쓰다 보면 사고의 흐름이 끊겨 막 떠올랐던 기가 막힌 문장이나 단어를 잊어버리기 쉽다. 띄어쓰기나 맞춤법을 고칠 시간은 얼마든지 있다. 편안하고 자유롭게 글을 쓴 다음 고쳐도 늦지 않다. 이제 막 돋아나기 시작한 생각의 날개를 섣부른 실수로 부러트려서는 안 된다.

하지만 말하기와 글쓰기를 구별하는 일의 중요성 역시 간과해서는 안 된다. 틀에 얽매이지 않아야 한다는 말은 생각의 자유로움을 방해해서는 안 된다는 뜻이지 제멋대로 아무렇게나 써도 좋다는 뜻이 아니다. 자유롭게 썼다면 글쓰기 본연의 역할도 챙겨야 한다.

대통령의 글쓰기로 유명한 강원국 작가의 책 〈강원국의 글쓰기〉를 보면 이런 대목이 나온다.

"글을 읽다 헷갈리는 경우는 두 가지다. 하나는 글쓴이가 무슨 말을 하는지 모르겠는 경우고, 다른 하나는 무슨 말인지 알겠는데 그 뜻이 모호한 경우이다."

좋지 않은 글이 어떤 글인지 잘 표현했다.

무슨 말을 하는지 모르는 이유는 공교롭게도 두 극단에서 벌어진다. 하나는 지식인이 쓴 현학적 표현의 글이며 하나는 초등학생이 쓴 일기다. 그래서 첫 번째 문제는 글을 잘 쓰려고 하는 일반 성인에게는 잘 나타나지 않는다. 문제는 두 번째다. 무슨 말인지 알겠는데 문장이 어색해서 내용이 모호해질 때다. 이런 현상은 왜 일어날까? 가장 큰 이유는 문법에 맞지 않는 글을 쓰기 때문이다. 하지만 문법이 전부는 아니다. 그보다 더 큰 이유는 글쓰기와 말하기의 미묘한 차이에서 비롯된다. 그 차이를 알아야 좋은 글을 쓴다.

지금까지 글쓰기를 어떻게 바라봐야 하는지 알아보았다. 정리해 보자. 글쓰기는 어렵지만, 최고가 되려고 하지 않는다면 얼마든지 가능하다. 재능은 있으면 좋지만 없어도 그만이다. 글은 붙이는 작업이 아니다. 깎는 작업이다. 부지런히 깎아야 좋은 글이 된다. 처음 쓴 글이 마음에 든다고 자만하지 마라. 첫사랑은 달콤하지만 이루어지지 않는다. 첫 만남에 집착하면 안 된다. 좋은 글은 쉬운 글이다. 간결한 글이다. 누가 보더라도 쉽게 이해해야 한다. 그러려면 쉽게 써야 한다. 이제부터 좋은 글, 쉽고 간결한 글을 어떻게 써야 하는지 알아보자.

문장 고치기 편

어수룩한
문장
고치기

했던 말을 또 하지 마라!

어디서부터 손대야 할지 모를 때가 있다. 이럴 때는 가장 눈에 띄는 문제부터 풀어야 한다. 긴말할 필요 없이 가장 많이 하는 실수부터 바로잡자. 당신의 문장을 어수룩하게 하는 녀석을 골라 사정없이 빼버리거나 고쳐야 한다. 글쓰기 책을 쓰려고 많은 블로그를 방문했다. 몇 날 며칠 글을 읽다보니 많은 사람이 비슷하게 하는 실수가 눈에 들어왔다. 다음 예문을 읽고 어떤 표현이 그런지 찾아보자.

> 저는 시골에서 성장해서 사람이 많이 모인 곳을 좋아합니다. 또 요리도 좋아해서 얼마 전 친구가 요리를 하게 해준다고 소개해 준 사람을 찾아갔습니다. 마침 요리 대회를 하고 있었습니다. 요리에 관심이 많았기에 도전했습니다. 이왕 도전했으니 지지 않겠다는 생각보다는 이기려는 마음으로 도전에 임했습니다. 열심히 한 결과 최종 우승자가 되어 책을 선물로 받았습니다. 요리의 역사에 관한 책인데 딱딱하지 않고 누구나 쉽게 읽을 수 있게 쓰여 있어 좋았습니다. 그런데 역사보다는 그 지방의 특산물에 대한 소개가

많았습니다. 책 제목이 수정되어야 하는 것 아닌가 하는 생각이 들었습니다.

이 예문은 내가 읽은 블로그 글 가운데 많이 쓰는 표현을 골라 재가공했다. 이상하거나 어색한 부분을 발견했는가? 발견하지 못했다면 다음 글을 보기 바란다.

나는 성격이 늦으면 조바심이 나는 성격이다.

학창 시절은 나에게 별다른 기억은 없었다.

그러지 말아야지 하면서도 실수를 한다. 고쳐야지 그러면서도 안 된다.

글쓰기 강의에 참가한 수강생이 쓴 글이다. 문장을 짧게 잘라 보니 눈에 잘 들어온다. 어떤가? 무슨 말인지 이해는 가지만 매끄럽지 않다. 이 문장들이 어색한 이유는 무엇일까? 그렇다. 같은 말을 반복하고 있기 때문이다. 초보자가 가장 많이 하는 실수다. 먼저 첫 번째 예문을 살펴보자.

저는 시골에서 성장해서 사람이 많이 모인 곳을 좋아합니다.

문법적으로는 딱히 틀린 곳이 없다. 그렇다고 매끄럽지도 않다. 왜 그럴까? 눈에 띄는 표현은 '시골에서 성장해서' 부분이다. 초보자들이 많이 하는 표현 가운데 하나가 '~서'이다.

너무 좋아하다 보니 자기도 모르게 반복한다. 전학 온 초등학생이 자기소개하는 것처럼 불안하고 어색하다.

'사람이 많이 모인 곳을 좋아합니다'도 마찬가지다. 이 문장 역시 '~이'를 반복해서 썼다. 그러다 보니 문장이 물 흐르듯 흐르지 않는다. 과감하게 고쳐야 한다. 이 두 문장을 고쳐보자. 내가 고친 문장을 보기 전에 직접 고쳐 보기 바란다. 앞으로 계속 그렇게 해야 한다.

> 저는 시골에서 자랐기 때문에 사람이 많은 곳을 좋아합니다.

첫 문장과 비교해 보라. 가다 서다 반복하는 첫 문장에 비해 흐름이 좋아졌다. 다음 문장으로 넘어가자.

> 요리도 좋아해서 얼마 전 친구가 요리를 하게 해준다고 소개해 준 사람을 찾아갔습니다.

이 문장 역시 읽는 사람을 혼란에 빠뜨린다. 상대를 앞에 두고 말할 때는 얼마든지 되물을 수 있다. '다시 한번 말씀해 주시겠습니까?'처럼 말이다. 하지만 글로 표현할 때는 그렇게 하지 못한다. 대화가 양방향 소통이라면 글쓰기는 한 방향 소통이다. 글을 대화하듯이 써서는 안 되는 이유다. 읽는 사람이 정확하게 뜻을 이해하도록 써야 한다. 이 문장은 '하게 해 준다고 소개해 준 사람'에서 숨이 막힌다. 역동적이고 생기가 넘치는 동사 '~하다'를 많이 써야 한다. 하지만 아무리 좋은 약도 지나치면 독이 된다. 위 문장은 '하다'라는 표현이 꼬리에 꼬리를 물고 있다. 달리다가 지친 사람처럼 오히려 힘이 빠진다. '~하다'의 생동감이 사라져 버렸다. 도대체 무엇을 한다는 것인지 헷갈릴 지경이다. 뜻은 알겠는데 명확하지 않다. 깔끔하게 고치자.

> 요리도 좋아해서 얼마 전 친구가 소개해 준 사람을 찾아갔습니다.

중간에 '요리를 하게 해준다고'를 빼니 부드러워졌다. 어색한 표현이며 군더더기다. 문장을 고칠 때는 문제의 단어만 없애거나 그 단어를 다른 단어로 바꾸거나 아니면 단어를 포함한 문장 전체를 빼는 방식 가운데 하나를 골라야 한다. 이 문장은 '~하다'만 빼거나 바꿔서는 매끄럽게 바꾸기 어렵다. 이럴 때는 문장 전체가 군더더기일 확률이 높다. 다음 문장으로 넘어가자.

> 이왕 도전했으니 지지 않겠다는 생각보다는 이기려는 마음으로 도전에 임했습니다.

직접 고쳐보기 바란다. 시간을 주겠다. 천천히 고민하고 고쳐보라. 고쳤으면 시작해보자. 눈에 띄는 부분은 '않겠다는 생각보다는'이다. 블로그 글을 읽다 보면 자주 만나는 표현이다.

이런 표현은 방송에서도 많이 나온다. 그래서 귀에 익다. 어떤 사람이 많이 할까? 스포츠 선수들이다. 인터뷰할 때 많이 한다. 귀에 익다 보니 자기도 모르게 글로 옮긴다. 다시 말하지만, 반복은 무엇이 되었든 문장을 어수룩하게 한다. '않겠다는 생각보다는'에 이어지는 표현까지 확장해보자. '않겠다는 생각보다는 이기려는'까지다.

어떤가? 빨리 인터뷰를 끝내고 쉬고 싶은 선수처럼 글쓴이의 조바심이 느껴진다. '~다는'과 '~는'의 이중 삼중 반복이 문장의 흐름을 망친다. 글쓴이의 불안함이 엿보여 읽는 내가 더 불안하다. 가만두지 말고 칼을 빼 들어라. 반복 표현을 빼고 최대한 군더더기를 없앤다는 기분으로 고쳐야 한다.

이왕 도전했으니 이기려고 마음먹었습니다.

군더더기 없는 문장은 편안하다. 부담이 없다. 할 말만 하고 펜을 놓아라. 자신의 내적 불안을 독자에게까지 강요할 필요는 없다. 다음 문장으로 넘어가자.

누구나 쉽게 읽을 수 있게 쓰여 있어 좋았습니다.

바로 눈에 띈다. '쉽게 읽을 수 있게'를 고쳐야 한다. 역시 많이 쓰는 표현이다. 반복을 없애고 자연스러운 흐름으로 만들자.

쉽게 쓰여 있어 좋았습니다.

간단하게 써라. 머릿속 복잡한 생각을 단순하게 만드는 연습을 해야 한다. 마지막 도전자를 물리쳐보자.

그런데 역사보다는 그 지방의 특산물에 대한 소개가 많았습니다. 책 제목이 수정되어야 하는 것 아닌가 하는 생각이 들었습니다.

무엇이 문제인가? 그렇다. '하는 것 아닌가 하는' 부분이 매끄럽지 못하다. 자기 생각을 강조하려다 보니 어수룩한 티를 내고 말았다. 여기서는 문제의 표현이 들어 있는 문장과 함께 전체를 다시 써보자. 때에 따라서는 문장을 통째로 바꾸는 편이 좋을 때도 있다. 이렇게 말이다.

그런데 책 제목과 다르게 그 지방의 특산물에 대한 소개가 많아 아쉬웠습니다.

두 문장을 단순화했다. 반복 표현이 있다면 그 부분만 따로 떼어 보지 말고 전체를 다시 보자. 문장을 짧고 담백하게 하는 연습을 꾸준히 하기 바란다. 좋은 문장을 쓰는 일은 그렇게 어렵지 않다. 고친 문장을 첫 문장과 비교해보라. 가장 뚜렷한 차이는 전달력이다. 단순함은 글의 전달력을 높이는 가장 좋은 방법이다. 이제 종합해보자.

저는 시골에서 자랐기 때문에 사람이 많은 곳을 좋아합니다. 요리도 좋아해서 얼마 전 친구가 소개해 준 사람을 찾아갔습니다. 마침 요리 대회를 하고 있었습니다. 요리에 관심이 많았기에 도전했습니다. 이왕 도전했으니 이기려고 마음먹었습니다. 열심히 한 결과 최종 우승자가 되어 책을 선물로 받았습니다. 요리의 역사에 관한 책인데 쉽게 쓰여 있어 좋았습니다. 그런데 책 제목과 다르게 그 지방의 특산물에 대한 소개가 많아 아쉬웠습니다.

글도 짧아지고 명쾌해졌다. 글을 읽는 부담이 줄어들어 편하다. 이렇게 무심코 반복하는 표현만 골라내도 문장이 한층 더 세련되어 보인다. 물론 예시 문장은 블로그에 쓴 글을 짜깁기했으므로 문장과 문장 사이의 흐름은 완벽하지 않다. 여기서 주목해야 할 점은 문장이 어수룩하게 보이는 이유다. 길게 쓴다고 좋은 글이 아니다. 짧고 분명하게 전달하려고 노력해야 한다.

다음으로 앞서 설명했던 글쓰기 강좌 수강생이 쓴 글도 고쳐보자. 내가 고친 글을 보기 전에 먼저 고쳐보기 바란다.

나는 성격이 늦으면 조바심이 나는 성격이다.

학창 시절은 나에게 별다른 기억은 없었다.

그러지 말아야지 하면서도 실수를 한다. 고쳐야지 그러면서도 안 된다.

첫 문장은 '나는'과 '성격'이 반복해서 등장한다. 물론 두 개의 '나는'은 다른 뜻이지만, 발음이 같아서 읽는 데 불편하다. 두 번째 문장 역시 '학창 시절은'과 '기억은'에서 '은'을 반복해서 썼다. 소리 내서 읽어보면 어색하다. 더구나 '별다른' 의 '른'까지 겹치면서 초등학생이 말하는 것처럼 들린다. 마지막 문장은 '하면서도'와 '그러면서도'에서 '~면서도'의 반복으로 표현이 매끄럽지 않다. 그럼 어떻게 고쳐야 자연스러울까?

첫 번째 문장은 '나는 성격이 급한 편이다' 혹은 '나는 성격이 급하다'로 바꾸면 단순하면서도 명확해진다. 두 번째 문장은 '학창 시절 나에게 특별한 기억은 없었다'로 고쳐야 어색하지 않다. 마지막 문장은 '그러지 말아야지 하면서도 잘 안된다' 정도로 표현해도 충분하다. 아니면 '그러지 말아야지 하면서도 잘 고쳐지지 않는다'로 바꿔야 어색하지 않다.

이 밖에도 무심코 쓰는 반복 표현이 많다. 예를 들면 '아직 8페이지까지밖에 읽지 못했다', '이제 그는 어엿한 작가가 되어 있었다', '숙제를 얼른 빨리 끝내고 나가 놀자'처럼 '조사'나 '동사' 그리고 '부사'의 반복도 흔하다. 어떻게 고쳐야 할까? '아직 8페이지밖에 못 읽었다', '이제 그는 어엿한 작가다', '숙제를 빨리 끝내고 나가 놀자'로 고쳐야 부드럽다.

꾸준히 연습해야 한다. 과제를 줄 테니 훈련해보자. 어떤 글이든 좋다. 자기가 쓴 일기든 블로그에 올린 글이든 아니면 다른 블로거가 쓴 글이든 읽어보고 반복 표현을 찾고 모조리 고쳐라. 이 정도만 해도 당신의 문장을 우습게 볼 사람은 확

줄어든다. 어느새 당신은 그럴듯한 문장가로 바뀐다. 어떤가? 생각만 해도 짜릿하지 않은가? 글쓰기는 자신감이다.

같은 말을 또 하지 마라!

같은 말을 중복해서 쓴 글을 보면 했던 말을 또 하고 또 했던 친구가 떠오른다. 그 친구와 30분 이상 함께 하려면 큰 용기가 필요하다. 어쩌다 한자리에 앉게 되면 최대한 화장실과 가까운 곳에 자리를 잡아야 한다. 언제든 달아날 궁리를 해야 하기 때문이다. 문장도 마찬가지다. 같은 의미의 단어를 연거푸 남발하는 글은 읽는 사람을 지치게 한다. 이런 글은 독자를 화장실로 보내버린다. 좋은 글과 나쁜 글의 경계는 사소한 곳에 있다. 사소한 실수로 문장에 흠집을 내서는 안 된다. 흠집을 메우고 바로잡아 보자.

역전앞에서 친구를 기다렸다. 이상한 소리가 들려 위를 올려다보았더니 지붕 위에서 많은 고양이들이 이리저리 뛰어다녔다. 저 멀리 여러 명의 사람들이 모여 있었다. 무슨 일인지 궁금해 가까이 가 보았다. TV에서 봉준호 감독이 아카데미 감독상을 수상하는 장면이 나왔다. 광장에는 비둘기가 많았다. 가끔씩 내게 다가오는 녀석도 있었다. 어디서 부상을 입었는지 절뚝거리며 돌아다니는 녀석도 있었다. 비둘기를 보며 이런저런 생각을 하는 데 친구가 도착했다. 우리들은 서로 얼싸안으며 반가움을 표시했다. 오랜만에 만나는 친구라 더 반가웠다.

이 예문 역시 블로그에서 많이 쓰는 표현을 발췌하여 편집했다. 다시 한번 천천히 읽으면서 어디가 어색한지 찾아보기 바란다. 노트를 꺼내 직접 고쳐보기 바란다. 꾸준한 연습만이 좋은 글을 쓰는 지름길이다. 이상한 점을 발견하지 못했더라도 실망할 필요는 없다. 대부분 발견하지 못한다. 평소 많이 쓰는 말이라 자연스럽기 때문이다. 나 역시 모든 문장의 오류를 잡아내지 못한다. 또한 같은 실수를 반복한다. 완벽해지려고 하면 한도 끝도 없다. 그래도 꼬장꼬장한 할아버지처럼 문장을 들여다보자. 내가 쓴 문장에 흠집을 내려는 악당을 찾아내 응징하자.

역전앞에서 친구를 기다렸다. 이상한 소리가 들려 위를 올려다보았더니 지붕 위에서 많은 고양이들이 이리저리 뛰어다녔다.

첫 문장부터 잘못 썼다. 무엇이 잘못일까? '역전앞'이다. '역전'에는 이미 '앞'이라는 의미가 들어 있다. 이 글을 풀어보면 '역 앞앞에서'라는 이상한 뜻이 된다. 흔히 잘못 쓰는 표현이다. 당장 고치자. '역 앞에서' 또는 '역전에서'라고 해야 맞다. 다음으로 거슬리는 표현은 '위를 올려다보았더니'다. 어떤 표현이 이상한지 알겠는가? ‘위’와 ‘올려다’가 중복해서 쓰였다. 자주 쓰는 말이라 아무렇지 않게 들리지만, 고쳐야 한다. 역 앞앞에서와 다를 바가 없다. 가차 없이 고쳐라. ‘위를 쳐다보았더니’로 말이다. 끝이 아니다. 한 녀석이 남았다. 서둘러 찾아보자. 찾았는가? 마지막 남은 녀석은 바로 ‘많은 고양이들’이다. ‘많다’와 ‘들’은 둘 다 복수형이다. 중복해서 썼다. 정말 많이 쓰는 표현이다. 이 정도는 눈 감아 주자라고 생각하는 사람이 있다면 좋은 글쓰기는 포기해야 한다. 조금만 신경 쓰면 얼마든지 멋지고 아름다운 글을 쓴다. 제 발로 걷어차지 말자. 이 표현은 ‘많은 고양이’ 또는 ‘고양이들’로 바꿔야 한다. 정리하면 이렇다.

> 역 앞에서 친구를 기다렸다. 이상한 소리가 들려 위를 쳐다보았더니 지붕 위에서 많은 고양이가 이리저리 뛰어다녔다.

다음 문장을 보자.

> 저 멀리 여러 명의 사람들이 모여 있었다.

앞 문장 마지막에 ‘많은 고양이들’을 찾아 고쳤다면 ‘여러 명의 사람들’이 잘못되었음을 알아야 한다. ‘많은’처럼 ‘여러’도 복수형이다. 또 하나 눈여겨봐야 할 점은 ‘여러 명의 사람’에서 ‘명’과 ‘사람’ 역시 중복이라는 점이다. 따라서 이 표현은 ‘여러 사람'이나 그냥 '사람들'로 바꿔야 한다.

저 멀리 여러 사람이 모여 있었다.

다음으로 넘어가자.

TV에서 봉준호 감독이 아카데미 감독상을 수상하는 장면이 나왔다.

감격스러운 순간이다. 아직도 그 감흥이 남아 있다. 자긍심을 갖자. 대한민국 파이팅!! 그건 그렇고 할 일은 해야 한다. 감동에 숨어 문장을 어색하게 하는 악랄한 녀석을 잡아 처단하자. 찾았는가? 역시 많이 저지르는 실수다. 여기서 문제의 표현은 '감독상을 수상하는'에 있다. '감독상을 받는'이라고 써야 한다. '수상'이라는 단어에 이미 '상을 받다'의 뜻이 들어있다. 따라서 이 문장은 '봉준호 감독은 감독상을 상을 받았다'가 된다. 말이 되지 않으므로 고쳐야 한다. '감독상을 받았다'로 말이다.

TV에서 봉준호 감독이 아카데미 감독상을 받는 장면이 나왔다.

이렇게 써야 옳은 문장이다. 다음 문장을 보자.

가끔씩 내게 다가오는 녀석도 있었다.

이 표현은 어디가 잘못되었을까? 바로 '가끔씩'이다. '가끔'과 '씩'은 모두 얼마간 되풀이함을 뜻한다. 따라서 중복 표현이다. '가끔'으로 고쳐야 한다. 앞으로 글을 쓰다가 '가끔씩'이 튀어나오면 가차 없이 '씩'을 씩 웃으며 쳐내기 바란다.

가끔 내게 다가오는 녀석도 있었다.

다음 문장은 어디를 고쳐야 할까?

어디서 부상을 입었는지 절뚝거리며 돌아다니는 녀석도 있었다.

앞에서 '감독상을 수상했다'를 고쳤다. 마찬가지로 '부상을 입다' 역시 중복 표현이다. '부상'이라는 단어는 상처를 입었다는 뜻이 들어있다. 따라서 이 문장을 풀어보면 '상처를 입음을 입었다'라는 이상한 표현이 된다. 산뜻하게 고쳐보자. '상처를 입었는지' 아니면 '다쳤는지' 정도면 깔끔하다.

어디서 다쳤는지 절뚝거리며 돌아다니는 녀석도 있었다.

아주 좋다. '부상을 입었다' 표현은 자주 쓰므로 꼭 기억해두기 바란다. 다음으로 넘어가자.

우리들은 서로 얼싸안으며 반가움을 표시했다.

자 마지막이다. 어디를 고쳐야 할까? '많은 고양이들', '여러 명의 사람들'을 고쳐 보았으므로 이 문장은 어렵지 않다. 찾았는가? 그렇다. '우리들'이다. '우리'와 '들' 모두 복수형이다. 굳이 복수형을 연거푸 쓸 이유가 없다. 이런 글은 독자를 지치게 한다. 내가 괜찮으니 다른 사람도 괜찮을 거로 생각하지 말자. 올바른 표현은 읽는 사람이 왜 올바른지 모른다 해도 자연스럽기 때문에 글에서 눈을 뗄 시간을 주지 않는다.

우리는 서로 얼싸안으며 반가움을 표시했다.

종합해 보면 다음과 같다.

역 앞에서 친구를 기다렸다. 이상한 소리가 들려 위를 쳐다보았더니 지붕 위에서 많은 고양이가 이리저리 뛰어다녔다. 저 멀리 여러 사람이 모여 있었다. 무슨 일인지 궁금해 가까이 가 보았다. TV에서 봉준호 감독이 아카데미 감독상을 받는 장면이 나왔다. 광장에는 비둘기가 많았다. 가끔 내게 다가오는 녀석도 있었다. 어디서 다쳤는지 절뚝거리며 돌아다니는 녀석도 있었다. 비둘기를 보며 이런저런 생각을 하는 데 친구가 도착했다. 우리는 서로 얼싸안으며 반가움을 표시했다. 오랜만에 만나는 친구라 더 반가웠다.

앞의 예문과 비교해 보라. 훨씬 자연스럽고 읽는데 부담도 줄었다. 가독성이 좋아지니 다음 글이 기다려진다. 과연 어떤 이야기가 이어질까?

몰라서 하는 실수와 알면서 하는 실수는 다르다. 앞으로 글 쓸 때 잘 활용하기 바란다. 또 하나 중요한 사실은 처음부터 완벽하게 쓰려고 할 필요는 없다는 점이다. 얼마든지 고칠 기회가 있다. 처음에 잡아내지 못했다고 해서 실망하지 마라. 나 역시 무수히 틀린다. 무엇보다 하지 말아야 할 행동은 고칠 기회가 있음에도 고치지 않거나 아예 고칠 생각 조차 하지 않는 것이다. 글을 다 썼다면 잠시 쉬었다가 다시 처음으로 돌아가야 한다.

화려한 글은 나중에 써라!

글쓰기에 정답은 없지만, 기본 흐름은 있다. 대체로 간결하고 명확한 문장으로 쓴 글을 좋은 글이라 본다. 좋은 글은 지나치지 않으며, 쉽게 읽혀야 한다. 다시 말해 초등학생이 읽어도 무리 없는 글이 좋은 글이다. 그렇다고 화려한 문장을 멀리하자는 말은 아니다. 많은 작가가 만연체를 구사한다. 만연체란 간결체와 반대다. 압축이나 생략 대신 긴 호흡으로 쓴 글을 만연체라 부른다. 자연히 수식어가 많고 미사여구도 많다.

화려하고 멋진 문장은 짙은 화장과 같다. 진한 화장이 어려울까? 한 듯 안 한 듯 자연스러운 화장이 어려울까? 화장을 해보지 않아 강의에 오신 여성분들에게 물어보면 자연스러운 화장이 더 어렵다고 한다. 내 생각도 그렇다. 눈앞에 립스틱, 마스카라, 파운데이션이 놓여 있다면 깔끔하게는 못해도 얼굴에 칠하는 일은 어렵지 않다. 하지만 한 듯 안 한 듯 은은하게 해보라 하면 선뜻 집어 들지 못할 것이다.

간결하고 자연스러운 화장법부터 배워라. 처음부터 진한 화장에 익숙해지면 죽었다 깨어나도 옅은 화장은 못 한다. 화려한 기교나 미사여구 그리고 과장된 표현에 익숙해지면 이후에는 간략하고 담백한 글을 쓰기 어렵다. 여기서는 기교나 미사여구를 최대한 없애고 담백한 글을 쓰는 데 집중해보자.

> 승리는 결코 쉽게 다가오지 않는다. 나폴레옹은 누구보다 이 말의 의미를 잘 알았다. 그래서 그는 예측불허의 다양한 전술전략을 펼쳤다. 그리고 승리를 쟁취했다. 키가 좀 작아도 나폴레옹은 무척 많은 것을 이룬 사람이다. 아마 인류 역사상 그 누구와 비교해도 뒤지지 않을 것이다. 카이사르 역시 마찬가지다. 그가 쓴 내전기나 갈리아 전기를 읽어보라. 전쟁의 진정한 의미를 생생하게 느낄 수 있을 만큼 충분히 좋은 책이다. 역사 속 인물에 관한 연구를 많이 하면 할수록 성공은 더 가까워진다.

글을 늘어지게 하는 요소 가운데 하나는 꾸며 주는 말의 남용이다. 특히 부사와 형용사가 그렇다. 부사와 형용사는 양념이다. 문장에 맛을 더해주는 역할을 한다. 하지만 지나치면 곤란하다. 뭇국에 소금을 한 바가지 쏟았다면 버려야 한다. 먹지 못한다. 당신이 쓴 글에 형용사와 부사를 모두 빼보라. 없어도 어색해지지 않는다. 그렇다면 굳이 쓸 이유가 없다. 예문을 하나하나 뜯어보자.

> 승리는 결코 쉽게 다가오지 않는다.

시작부터 군더더기 때문에 문장이 어지럽다. 딘 쿤츠, 스티븐 킹, 몽테뉴의 공통점은 무엇일까? 이들은 모두 형용사와 부사를 멀리했다. 철저하게 적으로 규정했다. 나 역시 같은 생각이다. 위 문장은 이런 적이 둘이나 그것도 연이어 등장했다. '결코'와 '쉽게'가 그들이다. 적이 둘이나 쳐들어왔으니 멍하니 앉아 있지 말자. 도끼를 빼 들자. 맞서 싸우자. '승리는 쉽게 다가오지 않는다'로 고쳐라. '쉽게'보다 '결코'가 센 놈이다. 센 놈을 먼저 제거해야 한다. 부사인 '결코'는 이 문장에서 가장 불필요한 단어다. '결코'를 제거해도 문장에 아무런 지장을 주지 않는다. 오히려 더 자연스럽다.

승리는 쉽게 다가오지 않는다.

다음 적을 만나보자.

키가 좀 작아도 나폴레옹은 무척 많은 것을 이룬 사람이다.

피해야 할 표현 가운데 하나가 등장했다. 글의 목적은 전달이다. 전달하는 힘이 좋아지려면 명확하고 자신 있어야 한다. 그러므로 머뭇거리는 녀석은 가차 없이 제거해야 한다. 이 문장의 힘을 약화하는 녀석은 바로 부사 '좀'이다. 이 자그마한 녀석 하나로 문장 전체의 힘이 빠졌다. 작으면 '작다'고 말하자. 좀스럽게 '좀 작다'라고 하지 말자. 문장을 바로잡으면 이렇다. '키가 작아도 나폴레옹은 무척 많은 것을 이룬 사람이다' 어떤가? 좀스러운 녀석 하나 뺐을 뿐인데 문장에 힘이 생겼다. 하지만 끝이 아니다. 우리 눈을 피해 또 한 녀석이 숨어 있다. 찾아보라. 빙고! 잘 찾았다. 바로 '무척'이란 녀석이다. 있으나 마나 한 부사다. 없어도 뜻을 전하는 데 아무 문제가 없다. 전체를 다시 깔끔하게 정리해보자.

키가 작아도 나폴레옹은 많은 것을 이룬 사람이다.

군더더기를 없애자 문장이 명확하고 자연스러워졌다. 다시 말하지만 보기 좋은 글은 짧은 글이다.

아마 인류 역사상 그 누구와 비교해도 뒤지지 않을 것이다.

대화할 때 가장 많이 사용하는 단어 가운데 하나는 아마 '아마'일 것이다. 정말 많이 쓴다. 그리하여 글에도 심심치 않게 등장한다. 나 역시 써버리고 말았다. 피하기 어려운 단어다. 위 문장에 등장하는 '아마'를 보면 앞 문장과 단절을 두려워하는 글쓴이의 불안함이 엿보인다. 그래서 가장 만만한 단어인 '아마'를 골라 썼다. '나폴레옹은 많은 것을 이룬 사람이다. (아마) 지구상 그 누구와 비교해도 뒤지지 않을 것이다'처럼 말이다. '아마' 역시 '좀'과 마찬가지로 문장의 힘을 떨어뜨린다.

글쓴이가 불안하면 읽는 사람은 더 불안하다. 더군다나 '아마'를 씀으로써 술어가 '것이다'가 되었다. 기분 나쁠 정도로 힘 빠지는 문장이다. ('것이다' 표현은 뒤에 따로 다룰 예정이다) 과감하게 '아마'를 쳐내자. 그러면 술어도 자연스레 명확해진다.

> 나폴레옹은 많은 것을 이룬 사람이다. 인류 역사상 누구와 비교해도 뒤지지 않는다.

고치기 전 문장과 비교해보라. 얼마나 경쾌하고 자신감이 넘치는가?

> 전쟁의 진정한 의미를 생생하게 느낄 수 있을 만큼 충분히 좋은 책이다.

딱 봐도 눈에 띄는 녀석은 '생생하게'와 '충분히'다. 둘 다 빼도 아무런 해가 없다. 둘 가운데 하나만 빼고 싶으면 '충분히'를 빼야 한다. 왜 그럴까? '충분히' 뒤에 '좋은'이 있기 때문이다. 꾸미는 말이 연속해서 등장하는 표현은 좋지 않다. 좋은 책이면 그냥 좋은 책으로 충분하다. 충분히 좋은 책일 필요는 없다. 다듬어 보자.

> 전쟁의 진정한 의미를 느낄 수 있는 좋은 책이다.

또는

> 전쟁의 진정한 의미를 생생하게 느낄 수 있는 좋은 책이다.

이 정도면 무난하다. 담백한 문장을 원한다면 앞엣것을, 맛을 살짝 내고 싶다면 뒤엣것을 쓰면 된다.

> 역사 속 인물에 관한 연구를 많이 하면 할수록 성공은 더 가까워진다.

마지막 문장이다. 어떤 부분을 고쳐야 좋을까? 이 문장에도 평소 많이 쓰는 단어가 있다. 바로 부사 '더'다. 대화나 글에 빠지지 않고 등장하는 단어다. 화자의 조급함을 나타내는 대표적인 단어다. 대화는 상황에 따라 느려지기도 하고 급해지기도 한다. 조급해지면 강조하고 싶어지고 그러다 보면 '더'라는 말을 더더더더더 많이 쓴다. 하지만 글은 다르다. 급할 게 없다. 누가 쫓아오지 않는다. 글이 사라지는 것도 아니다. 침착하기 바란다. '더'를 쓰지 않아도 정보를 전달하는 데 문제없다. 지나친 강조는 오히려 글을 어수룩하게 한다. '더'를 빼자.

> 역사 속 인물에 관한 연구를 많이 하면 할수록 성공은 가까워진다.

자연스럽고 편안해졌다. 가독성이 좋아지면 전달력도 살아난다. 이제 종합해보자.

> 승리는 쉽게 다가오지 않는다. 나폴레옹은 누구보다 이 말의 의미를 잘 알았다. 그래서 그는 예측불허의 다양한 전술전략을 펼쳤다. 그리고 승리를 쟁취했다. 키가 작아도 나폴레옹은 많은 것을 이룬 사람이다. 인류 역사상 그 누구와 비교해도 뒤지지 않는다. 카이사르 역시 마찬가지다. 그가 쓴 내전기나 갈리아 전기를 읽어보라. 전쟁의 진정한 의미를 느낄 수 있는 좋은 책이다. 역사 속 인물에 관한 연구를 많이 하면 할수록 성공은 가까워진다.

군더더기 없이 깔끔하다. 문장에 힘이 넘친다. 전달력도 좋아졌다. 어수룩한 문장과 좋은 문장의 경계를 잘 이해해야 한다. 짙은 화장은 언제든 가능하다. 반면에 은은한 화장은 때를 놓치면 하기 어렵다. 문장력 강화는 군더더기를 없애는 일로 시작해야 한다는 사실을 잊지 마라.

초고는 앞뒤 재지 말고 써야 한다. 문장 구성이나 문법적 오류는 생각하지 마라. 생각의 고삐를 늦춰서는 안 된다. 글을 다 썼다면 한동안 초고와 거리를 두는 것이 좋다. 그다음 고치는 작업에 들어가야 한다. 이때부터가 진정한 글쓰기다. 글쓰기를 좋아해서 '습작' 연습을 많이 했다. 그 가운데 하나를 발췌해 소개하고 고쳐보고자 한다.

> 살짝 열린 커튼 사이로 들어온 아침 햇살이 눈을 간질여 잠에서

> 깼다. 눈을 비비며 일어나 창가로 다가갔다. 커튼을 젖히자 강원도 두메산골 온천지가 하얗게 변해 있었다. '밤새 어지간히도 퍼부은 모양이군' 시계는 9시를 가리키고 있었다. 아래를 내려다보니 카지노 입구 쪽으로 사람들이 새까맣게 몰려들고 있었다. 불빛을 향해 달려드는 부나비처럼 그들은 오늘도 기꺼이 활활 타오르는 불속으로 뛰어들 채비를 하고 있었다.

이 글은 〈카지노〉라 이름 붙인 습작의 첫 도입부다. 거침없이 쓰다 보니 실속 없는 미사여구와 불필요한 수식어가 가득하다. 하나하나 다듬어 보도록 하자.

> 살짝 열린 커튼 사이로 들어온 아침 햇살이 눈을 간질여 잠에서 깼다.

시작부터 거슬리는 단어는 부사 '살짝'이다. 빼도 된다. 불필요한 단어를 제거할 때 그 단어만 제거할지 추가로 이어지는 단어까지 제거할지, 아니면 문장 전체를 고쳐야 할지 생각해야 한다. 이 문장에서는 '열린'도 빼야 한다. '열린'은 '살짝'과 함께 없어야 더 자연스럽다. 다음으로 '눈을 간질여' 역시 쓸데없는 표현이다. 간결하게 정리하자.

> 커튼 사이로 들어온 아침 햇살에 잠에서 깨어났다.

다음 문장을 보자.

눈을 비비며 일어나 창가로 다가갔다.

문학적 글쓰기에서 세부 묘사는 좋은 양념이다. 하지만 굳이 쓸 필요가 없다면 빼야 한다. 이 표현에서 '눈을 비비며'가 세부 묘사다. 있어도 그만, 없어도 그만이라면 빼자. 다음 문장과의 연결성을 고려해 고쳐보자.

창가로 다가가

다음으로 넘어가자.

커튼을 젖히자 강원도 두메산골 온천지가 하얗게 변해 있었다.

먼저 '온천지'가 마음에 들지 않는다. 부자연스럽다. 어깨에 힘이 들어가면 나오는 표현이다. 더구나 단어 선택도 좋지 않다. 필요한 단어와 불필요한 단어를 제대로 골라 쓰지 못했다. 그래서 전달력이 떨어진다. 형용사 '하얗게'보다는 '눈'을 선택해야 올바르다. 자연스럽게 고쳐보자.

커튼을 젖히자 강원도 두메산골이 눈으로 덮여 있었다.

이 정도면 괜찮다.

> '밤새 어지간히도 퍼부은 모양이군' 시계는 9시를 가리키고 있었다.

문장 가운데 독백 역시 어색하다. 불필요한 양념이다. 빼는 것이 자연스럽다. 나머지 표현도 간결하게 바꾸자.

> 시계를 보니 9시였다.

문장이 간결하니 가독성도 좋아졌다. 짧고 간결하게 쓰려고 노력해야 한다.

> 아래를 내려다보니 카지노 입구 쪽으로 사람들이 새까맣게 몰려들고 있었다. 불빛을 향해 달려드는 부나비처럼 그들은 오늘도 기꺼이 활활 타오르는 불속으로 뛰어들 채비를 하고 있었다.

문제의 구간이다. '위를 올려다보니'처럼 '아래를 내려다보니'는 중복 표현으로 고쳐야 한다. '새까맣게', '부나비처럼', '기꺼이', '활활' 등 부사 형용사의 무차별 사용이 눈에 띈다.

다시 말하지만, 문학적 수사로서 만연체를 선호하는 사람도 있다. 이런 문장을 좋아한다면 써야 한다. 하지만 문장을 간략하고 담백하게 쓰는 연습이 먼저다. 그런 다음 기교를 부려도 늦지 않다. 글의 목적은 전달이다. 전달력은 짧고 간결한 문장에서 나온다. 간결하게 고쳐보자.

> 카지노 입구는 아침부터 사람들로 북적였다.

종합하면 다음과 같다.

> 커튼 사이로 들어온 아침 햇살에 잠에서 깨어났다. 창가로 다가가 커튼을 젖히자 강원도 두메산골이 눈으로 덮여 있었다. 시계를 보니 9시였다. 카지노 입구는 아침부터 사람들로 북적였다.

처음 글과 비교해 보라. 얼마나 깔끔하고 담백해졌는지 느껴보라. 소설가 스티븐 킹은 지옥으로 가는 길은 '부사'로 덮여 있다고 말했다. 왜 그런 말을 했는지 그의 글을 보며 느껴보는 것도 좋은 일이다. 다빈치 코드로 유명한 댄 브라운 역시 군더더기 없는 글을 쓴다. 그의 문장에서 부사와 형용사는 극히 제한적이다. 노벨문학상에 빛나는 작품 〈노인과 바다〉는 더 말할 필요도 없다. 진실을 전달하는 글에 거창한 표현은 군더더기일 뿐이다. '할리우드 키드의 생애'와 '하얀 전쟁'을 쓴 안정효 작가는 이렇게 말했다.

" '남자가 웃었다' 정도면 충분하다. '젊은 남자가 호쾌하게 웃었다'라고 써서 독자를 힘들게 하지 마라."

'조사'를 철저히 조사하라!

말은 눈에 보이지 않는다. 문자는 눈에 보이지 않던 말을 보이게 했다. 문자의 탄생은 말을 체계화하는 데 큰 역할을 했다. 말에 품격이 더해졌다. 하지만 좋은 점이 있으면 나쁜 점도 있는 법. 품격이 지나치면 거추장스러워진다. 격식을 차리는 일도 좋지만, 상황에 맞아야 한다. 저잣거리에 나가 막걸리 한 잔 마시는데 턱시도를 차려입을 필요가 있을까? 이런 행동은 품위를 높이기보다는 오히려 자신을 우습게 만드는 꼴이다.

글 역시 마찬가지다. 품격 있는 표현을 지나치게 신경 쓰다 보면 군더더기가 붙게 마련이다. 어색하고, 우스꽝스러우며 문장도 길어진다. 나를 포함한 글 쓰는 사람 모두가 주의를 기울여야 한다. 정성스럽게 쓴 글을 우스꽝스럽게 만드는 범인은 누구일까? 바로 조사다. 조사는 동사와 명사 못지않게 중요한 품사다. 조사가 없으면 제대로 된 문장이라 할 수 없다. 그러나 저잣거리의 턱시도처럼 아무 때나 쓰면 오히려 문장의 질을 떨어뜨린다. 나를 비롯한 많은 사람이 흔히 저지르는 실수 가운데 하나다. 문장을 어색하게 하는 대표적인 원인이다.

돈키호테 하면 떠오르는 인물이 있다. 바로 그의 종자 산초 판사다. 심부름꾼과 길동무가 필요했던 돈키호테에게 어수룩하고 착한 산초 판사는 딱 제격이었다. 산초 판사 없는 돈키호테는 팥 없는 찐빵이다. 그만큼 둘은 언제나 함께였다. 하지만 냉정하게 보면 두 사람은 늘 티격태격했다. 이상주의자와 현실주의자가 잘 어울리기란 쉽지 않다. 물론 두 사람 사이에 끈끈한 정이 없었다고 말할 생각은 없다. 돈키호테는 죽음 앞에서 산초 판사에게 미안한 마음을 감추지 못했다. 산초 판사 역시 돈키호테에게 제발 죽지 말라고 말한다. 침대에서 벌떡 일어나 로시난테를 타고 둘시네아 공주를 찾아 나서라고 울부짖는다.

글 쓰는 작가는 돈키호테다. 조사는 산초 판사다. 작가와 조사 역시 떼려야 뗄 수 없는 애증의 관계다. 함께 해야 한다면 적당한 거리를 둬야 한다. 자주 만나서 좋을 게 없다. 이제부터 애증의 조사를 멀리하는 훈련을 하자.

뭔가를 이루어야 한다는 목표가 있었습니다. 그래서 열심히 일을 했습니다. 하지만 뜻대로 되지 않았습니다. 그때 많은 돈을 빌려준 친구가 있었습니다. 형편이 나아지지 않아 이자도 제때 갚지 못했습니다. 찬바람이 불던 어느 날 그 친구와 술 약속을 했습니다. 식당에 먼저 도착하여 손을 녹이며 생각에 잠겼습니다. 친구가 이해를 해줄까? 하는 걱정이 앞섰지만, 함께 어울리며 놀던 학창 시절이 생각이 나서 나도 몰래 웃음이 나왔습니다. TV에서는 뉴스가 흘러나왔습니다. 뉴스는 온통 어둡고 우울한 소식으로 도배가 되어 있었습니다.

예문을 천천히 다시 읽어보라. 어떤 부분을 고쳐야 할지 고민하라. 그리고 직접 고쳐보라. 시간은 당신 편이다. 급할 필요 없다. 다 고쳤다면 같이 살펴보자.

뭔가를 이루어야 한다는 목표가 있었습니다.

어떤가? 자연스러운가? 자주 쓰는 표현이라 잘 모르겠는가? 자연스러워 보이지만, 그렇지 않다. 매끄럽게 다듬어야 한다. 문장을 검토할 때 없어도 되는 것들은 모조리 빼라. 조사 역시 마찬가지다. 조사란 말이 되게끔 도와주는 역할을 하는 품사다. 조사의 역할은 딱 거기까지다. 그 이상을 하려고 하면 가차 없이 제거해야 한다. '뭔가를'에서 '를'은 도를 넘었다. 가차 없이 빼버리자.

뭔가 이루어야 한다는 목표가 있었습니다.

조사를 쓰지 않으면 불안해하는 사람이 있다. 그렇게 생각할 필요 없다. 조사를 넣기 전에 '없으면 어떨까?' 하고 먼저 생각하라. 자연스럽다면 굳이 넣을 필요가 없다. 다음으로 넘어가자.

그래서 열심히 일을 했습니다.

이 문장에도 저잣거리 턱시도나 산초 판사처럼 어색하고 도를 넘는 녀석이 눈에 띈다. '일을 했습니다'에서 '을'이 그런 녀석이다. '을'을 쓰지 않아도 문장에 아무 문제가 없다. 고쳐보자.

그래서 열심히 일했습니다.

어떤가? 오히려 더 자연스럽다. 문장에 군더더기가 없어지니 속도감이 생겼다. '조사'하나 뺐을 뿐인데 문장에 생기가 돈다. 죽은 문장이 살아 숨 쉰다. '을' 하나 내주고 생생함을 얻었다면 마다할 이유가 없다. 다음으로 넘어가자.

친구가 이해를 해줄까? 하는 걱정이 앞섰지만,

찾았는가? 신나게 달리다 막다른 골목에 다다른 것처럼 숨이 막힌다. '이해를 해줄까'에서 '를'이 막다른 골목이다. '를'을 써야할 이유가 없다.

친구가 이해해 줄까?

어떤 느낌이 드는가? 막다른 골목이 '뻥' 뚫린 것 같지 않은가? 속이 시원하다. 문장은 물 흐르듯 흘러야 한다. 막혀서는 안 된다.

함께 어울리며 놀던 학창 시절이 생각이 나서 나도 몰래 웃음이 나왔습니다.

없어도 되는 조사의 반복 사용으로 글 읽기가 힘들다. 계속 말하지만, 독자를 힘들게 하지 마라. 어떤 표현이 잘못되었는지 한눈에 들어오지 않는다면 이 책을 처음부터 다시 읽기 바란다. 생각보다 많은 사람이 이런 표현을 아무렇지 않게 쓴다. 이 문장에서 필요 없는 '이'는 무엇인가? 잘 생각한 다음 하나를 빼자. 내가 고친 문장을 보기 전에 먼저 고쳐보라.

학창 시절이 생각나서 나도 몰래 웃음이 나왔습니다.

앓던 '이'가 빠진 것처럼 시원하다. 다음으로 넘어가자.

온통 어둡고 우울한 소식으로 도배가 되어 있었습니다.

초보 작가가 저지르는 실수 가운데 하나는 불안해서 자꾸 덧붙이려 한다는 점이다. 그들에게 만만한 품사가 바로 조사다. 글자 하나로 위안을 얻기 때문이다. 이런 버릇은 금방 고쳐지지 않는다. 많은 연습과 빈틈없는 수정만이 유일한 해결책이다. '도배가'에서 '가'는 아무짝에도 쓸모없는 글자다. 유유히 흐르는 냇물에 어디선가 날아온 돌멩이 하나가 눈살을 찌푸리게 한다.

뉴스는 온통 어둡고 우울한 소식으로 도배되어 있었습니다.

돌멩이를 치우니 냇물의 흐름이 다시 좋아졌다. 다시 정리해보자.

뭔가 이루어야 한다는 목표가 있었습니다. 그래서 열심히 일했습니다. 하지만 뜻대로 되지 않았습니다. 그때 많은 돈을 빌려준 친구가 있었습니다. 형편이 나아지지 않아 이자도 제때 갚지 못했습니다. 찬바람이 불던 어느 날 그 친구와 술 약속을 했습니다. 식당에 먼저 도착하여 손을 녹이며 생각에 잠겼습니다. 친구가 이해해줄까? 하는 걱정이 앞섰지만, 함께 어울리며 놀던 학창 시절이 생각나서 나도 몰래 웃음이 나왔습니다. TV에서는 뉴스가 흘러나왔습니다. 온통 어둡고 우울한 소식으로 도배되어 있었습니다.

어떤가? 돌멩이 몇 개 뺐을 뿐인데 물살이 빨라졌다. 큰 어려움 없이 술술 읽힌다. 이처럼 좋은 글과 나쁜 글은 크게 차이 나지 않는다. 죽은 문장과 살아 있는 문장은 '조사' 하나 차이일 뿐이다. 글 쓸 때 불안해하지 마라. 격식을 차리려면 한이 없다. 까다롭고 거추장스러운 옷을 벗어야 한다. 꼬치꼬치 따지며 따라다니는 종자도 필요 없다. 때와 장소에 맞는 격식과 필요할 때만 나서는 종자가 필요하다. 연습을 좀 더 해보자. 내가 고친 문장을 보기 전에 먼저 고쳐보기 바란다. 쓸데없는 '조사'의 있고 없고 차이를 느껴보라.

> 중요한 안건이 있어 토론을 하는 중입니다.
>
> 친구가 먼저 계산을 하고 나갔습니다.
>
> 더 이상 당신을 사랑하기가 힘들다.
>
> 바빠서 책을 읽을 시간이 없다.
>
> 이벤트에 당첨이 되어 책을 받았다.

어떻게 고쳐야 할까?

> 중요한 안건이 있어 토론하는 중입니다.
>
> 친구가 먼저 계산하고 나갔습니다.
>
> 더 이상 당신을 사랑하기 힘들다.
>
> 바빠서 책 읽을 시간이 없다.
>
> 이벤트에 당첨되어 책을 받았다.

당신, 어느 나라 사람이야?

한 해 출판시장에 쏟아져 나오는 책 가운데 절반 가까이는 번역서다. 나 역시 책 쓸 때 번역서를 많이 참고한다. 먹고살기도 힘든 나라에 고유의 문화가 뿌리내리기란 어려운 일이다. 그래서 창작을 공부했던 우리 선배들은 주로 번역서에 의지했다.

고유의 문화를 꽃피울 새도 없이 우리 민족은 중국 문화에서 일본 문화로 그리고 미국을 필두로 하는 서구문화의 영향을 차례로 받았다. 그리고 이런 문화 속에서 자란 지식인들이 사회로 쏟아져 나왔다. 방송, 신문, 잡지, 책을 비롯한 모든 창작물이 이들의 글로 넘쳐났다. 이 과정에서 우리 정서와 맞지 않는 말투나 표현법이 생활 깊숙이 파고들었다.

문장에 한자를 섞어 쓰지 않으면 좋은 글이 아니라고 생각하던 시절도 있었다. 특히 신문은 90% 가까이 한자를 썼다. 그뿐이 아니다. 스메끼리, 와르바시, 벤또, 나와바리, 오야, 바리깡, 다마, 다꾸앙 같은 일본 말은 90년대까지도 많이 썼다.

광복 이후 1998년까지 일본 대중문화를 막아왔던 이유는 무엇일까? 문화는 정체성이다. 정체성이 흔들리면 안 된다. 일본이 조선을 침략한 다음 가장 먼저 한 일은 민족정기의 말살이었다. 조선어를 쓰지 못하도록 총력을 기울였다. 언어는 문화이자 정체성이다. 언어를 잃으면 문화를 잃는다. 문화를 잃으면 정체성을 잃는다. 정체성을 잃은 민족은 빈 껍데기일 뿐이다.

작가가 아니어도 글 쓰는 사람이라면 되도록 외래어를 쓰지 않으려고 노력해야 한다. 물론 쉽지 않은 일이다. 워낙 깊숙이 뿌리를 내려서 나도 모르게 튀어나온다. 하지만 어렵다고 해서 무책임하게 행동해서는 안 된다. 꾸준하게 고치고 고치다 보면 언젠가 아름다운 우리글로 문장을 쓰게 된다. 나도 아직 갈 길이 멀다. 그래도 포기하지 않고 고치려고 노력한다.

여기에 나오는 예문은 고쳐야 할 외래어의 극히 일부다. 여기서 멈추지 말고 계속해서 찾고, 고치려고 노력해야 한다. 이제부터 우리 정체성을 흔드는 녀석들을 찾아보자.

> 짓다 만 가건물 앞에서 X를 만났다. X는 샐러리맨처럼 말쑥한 옷차림으로 나타났다. 몰래 반입한 마약을 조심스럽게 꺼내 보여주었다. 대금은 계좌로 보내주겠다고 했다. 믿을 수 없었다. 계좌를 확인하기 전에는 주지 않겠다고 말했다. X는 먼저 마약이 진짜인지 확인해보고 싶어 했다. 한 봉지를 건네주었다. 혀로 맛을 보며 애매한 표정을 짓던 그는 핸드폰을 꺼냈다. 잠시 후 계좌로 약속한 돈이 들어왔다. 나머지 마약을 건넨 후 그곳을 빠져나왔다. 가

까운 현금지급기를 찾아 재빨리 돈을 인출했다. 거리로 나와 주위를 살핀 후 조심스럽게 택시를 잡아탔다.

일상에서 흔히 쓰는 일본식 단어가 곳곳에 숨어 있다. 한 놈씩 끌어내 보자.

짓다 만 가건물 앞에서 X를 만났다.

우선 '가건물'이 눈에 띈다. '가짜 건물'을 뜻하는 한자어를 일본식으로 바꾼 단어다. '임시 건물'로 바꿔야 한다. 그런데 '가건물'이든 '임시 건물'이든 앞에 나온 '짓다 만'이라는 표현과 중복이다. 여기서는 그냥 '공사 중인 건물 앞에서' 정도로 바꾸자.

공사 중인 건물 앞에서 X를 만났다.

다음을 보자.

X는 샐러리맨처럼 말쑥한 옷차림으로 나타났다.

'샐러리맨'은 일본이 멋대로 조합한 말이다. 쓰지 말아야 한다.

X는 직장인처럼 말쑥한 옷차림으로 나타났다.

다음 문장을 보도록 하자.

몰래 반입한 마약을 조심스럽게 꺼내 보여주었다.

'반입' 역시 일본식 한자어다. 어떻게 바꿔야 좋을까? 이 문장은 '몰래 들여온 마약을'로 바꾸도록 하자.

몰래 들여온 마약을 조심스럽게 꺼내 보여주었다.

다음은 어떤 일본식 표현이 숨어 있을까?

대금은 계좌로 보내주겠다고 했다.

'대금' 역시 되도록 쓰지 말아야 할 일본식 표현이다. 일본어로 '다이킨'이라고 부르는데 심지어 일본어 그대로 '다이킨'이라 말하는 사람도 있다. '값'이나 '돈'으로 바꿔주자.

돈은 계좌로 보내주겠다고 했다.

다음으로 한참 가다 보면 '애매한 표정을 짓던'이라는 표현이 나온다.

허로 맛을 보며 애매한 표정을 짓던 그는 핸드폰을 꺼냈다.

어떤 단어를 빼야 할까? 그렇다. '애매한'을 고쳐야 한다. 여기서 '애매'는 '잘못 없이 혼남'을 뜻하는 일본식 표현이다. '모호하다'로 바꿔도 좋고, 좀 더 풀어서 '알 듯 모를 듯한'도 나쁘지 않다. 뒤에 나오는 '핸드폰' 역시 일본에서 만든 말이다. 영어에는 없다. 미국인에게 핸드폰을 빌려달라고 하면 못 알아듣는다. 미국인도 못 알아듣는 영어를 오랫동안 써왔다. 고쳐야 한다. 핸드폰 대신 '휴대전화'라고 쓰자.

허로 맛을 보며 알 듯 모를 듯한 표정을 짓던 그는 휴대전화를 꺼냈다.

이 정도로 고치자. 다음으로 넘어가자.

가까운 현금지급기를 찾아 재빨리 돈을 인출했다.

'인출'이라는 단어 역시 골라내자. 일본식 한자어로 많이 쓰는 단어다. 되도록 '찾다'로 바꿔 쓰도록 하자. 여기서는 '인출'을 '찾다'로만 고치면 문장이 어색해진다. 앞의 '찾아'와 겹치기 때문이다. 글을 고칠 때는 문제의 단어만 보지 말고 두루 살펴야 한다. 꼭 기억하라.

> 가까운 현금지급기에서 재빨리 돈을 찾았다.

이렇게 앞의 '찾아'를 빼야 자연스럽다. 다시 말하지만 했던 말을 또 해서는 안 된다. 이제 종합해보자.

> 공사 중인 건물 앞에서 X를 만났다. X는 직장인처럼 말쑥한 옷차림으로 나타났다. 몰래 들여온 마약을 조심스럽게 꺼내 보여주었다. 돈은 계좌로 보내주겠다고 했다. 믿을 수 없었다. 계좌를 확인하기 전에는 주지 않겠다고 말했다. X는 먼저 마약이 진짜인지 확인해보고 싶어 했다. 한 봉지를 건네주었다. 혀로 맛을 보며 알 듯 모를 듯한 표정을 짓던 그는 휴대전화를 꺼냈다. 잠시 후 계좌로 약속한 돈이 들어왔다. 나머지 마약을 건넨 후 그곳을 빠져나왔다. 가까운 현금지급기에서 재빨리 돈을 찾았다. 거리로 나와 주위를 살핀 후 조심스럽게 택시를 잡아탔다.

어떤가? 곳곳에 숨어 있던 정체불명의 단어를 고치자 문장이 깨끗해졌다. 이 밖에도 쓰지 말아야 할 일본식 표현이 많다. 좀 더 살펴보자.

> 두통약을 먹어도 머리가 계속 아플 경우에는 병원에 가야 한다. 대개의 경우, 걱정만큼 큰일이 아닌 경우가 많다. 두통을 예방하려면 사소한 일에 있어서는 되도록 신경을 쓰지 말아야 한다. 또한, 잘못된 생활습관에 의해 두통이 심해지는 것은 아닌지 돌아보

고 태도를 고쳐야 한다. 그런데도 두통이 심해지면 서울에 위치한 좀 더 큰 병원에 가보는 것이 좋다.

이 글에도 곳곳에 일본식 표현이 숨어 있다. 지금까지 몰라서 썼다면 오늘부터 고쳐야 한다. 하나하나 따져보자.

두통약을 먹어도 머리가 계속 아플 경우에는 병원에 가야 한다.

먼저 '~의 경우'를 되도록 쓰지 말아야 한다. 일본식 표현이다. 어떻게 고쳐야 할까?

두통약을 먹어도 머리가 계속 아플 때는 병원에 가야 한다.

일본식 표현의 가장 큰 문제는 쓸데없이 말이 늘어진다는 점이다. 글이 늘어지면 전달력도 떨어지고 읽는 사람도 지친다. 다음 문장은 더 늘어진다.

대개의 경우, 걱정만큼 큰일이 아닌 경우가 많다.

'대개의 경우'가 눈살을 찌푸리게 한다. 그뿐인가 '아닌 경우가 많다'에서 '~ 경우'가 또다시 등장한다. 글을 쓰다 보면 같은 표현을 반복해서 쓰려고 하는 버릇이 생긴다. 좋은 표현도 여러 번 쓰지 말아야 한다. 하물며 나쁜 표현은 두말할 필요도 없다. 초보자일수록 더 주의해야 한다. 이 문장은 어떻게 고치면 좋을까? 빼고 고칠 때는 되도록 짧고 간결하게 하려고 노력해야 한다.

> 하지만 대개는 별일 아니다.

어떤가? 간결하면서 명확하다. '글'이라는 도로를 달릴 때는 멀리 돌아가지 말고 지름길로 가야 한다. 다음 문장을 보자.

> 두통을 예방하려면 사소한 일에 있어서는 되도록 신경을 쓰지 말아야 한다.

'사소한 일에 있어서'를 고쳐야 한다. '~에 있어서, ~에 있어'는 일본식 표현이다. 어떻게 고쳐야 할까? '사소한 일은'으로 고치면 문장도 간결해지고 더 깔끔해진다. 그런데 여기서 또 하나 눈에 띄는 어색한 표현이 있다. 발견했는가? 지금까지 잘 읽고 따라왔다면 눈치채야 한다. 배웠다면 적용할 줄 알아야 한다. 시간을 줄 테니 찾아보라. 찾았다면 당신은 좋은 글을 쓸 확률이 높다. 축하한다. 찾지 못했다 해도 실망할 필요는 없다. 포기하지 않으면 기회는 얼마든지 있다. 어디가 이상한가? '신경을 쓰지 말아야 한다'가 어색하다. 그렇지 않은가? 조사 '을'은 빼도 문제없다. 거추장스럽다. '신경 쓰지 말아야 한다'로 바꾸자.

두통을 예방하려면 사소한 일은 되도록 신경 쓰지 말아야 한다.

다음으로 넘어가자.

또한 잘못된 생활습관에 의해 두통이 심해지는 것은 아닌지 돌아보고 태도를 고쳐야 한다.

이 문장에서 고쳐야 할 부분은 어디일까? '잘못된 생활습관에 의해'를 고쳐야 한다. '~에 의해' 역시 일본식 표현이다. 이 표현을 씀으로써 문장이 거칠고 끊긴다. '잘못된 생활습관으로'로 바꾸자.

또한, 잘못된 생활습관으로 두통이 심해지는 것은 아닌지 돌아보고 태도를 고쳐야 한다.

다음 문장을 보자.

그런데도 두통이 심해지면 서울에 위치한 좀 더 큰 병원에 가보는 것이 좋다.

'~에 위치한' 역시 일본식 표현이다. '서울에 있는'이라고 고치자.

그런데도 두통이 심해지면 서울에 있는 좀 더 큰 병원에 가보는 것이 좋다.

종합해보면 다음과 같다.

두통약을 먹어도 머리가 계속 아플 때는 병원에 가야 한다. 하지만 대개는 별일 아니다. 두통을 예방하려면 사소한 일은 되도록 신경 쓰지 말아야 한다. 또한, 잘못된 생활습관으로 두통이 심해지는 것은 아닌지 돌아보고 태도를 고쳐야 한다. 그런데도 두통이 심해지면 서울에 있는 좀 더 큰 병원에 가보는 것이 좋다.

문장이 훨씬 명료해졌다. 흐름도 좋아졌다. 리듬도 살아났다. 일본식 표현 몇 개를 골라냈을 뿐인데 말이다.

이제 한자어를 알아보자. 세종대왕이 만든 한글이 등장하기 전까지 우리글은 없었다. 중국의 문자인 한자를 썼다. 아직도 많은 한자어를 일상에서 사용한다. 한자어를 쓰지 않고 대화하거나 글을 쓰기란 불가능하다.

한자어는 일본어와 달리 뿌리가 깊다. 한글보다 먼저 써왔던 일상 언어다. 한자어에서 벗어나기란 하늘의 별 따기보다 어렵다. 그래서 모든 한자어를 우리말로 바꾸는 일은 불가능하다. 대체할 마땅한 단어가 없기도 하고, 어떤 단어는 오래 쓰지 않아 오히려 순수한 우리말이 더 어색해 글이 어려워진다. 슬픈 일이다. 그래도 적당한 우리말이 있으면 바꾸려고 노력해야 한다. 어려운 한자어는 되도록 쉬운 한자어로 고치거나 아니면 빼야 한다.

세종대왕이 말했다시피 중국 말은 한국 사람의 정서와 서로 맞지 않다. 한글을 만든 이유다. 한자어가 많이 들어간 문장은 딱딱하고 무겁다. 문장의 흐름이 끊긴다. 글의 생명은 정보의 정확한 전달이다. 무겁고, 어렵고, 딱딱한 글은 정보 전달을 방해한다. 따라서 쓰지 않아도 문장에 이상이 없다면 골라내야 한다. 예문을 보며 시작해보자.

> 전대미문의 사건이 일어났다. 성 착취 동영상을 유포한 사람은 20대 청년이었다. 공무원도 포함되어 있다는 소식에 경악을 금치 못했다. 정부의 강력한 성범죄 방지 정책에도 불구하고 같은 일이 되풀이되고 있다. 좀 더 강력한 특단의 조치가 필요하다. 왜 이런 일이 계속해서 발생하는지 의아하게 생각하는 사람도 많다. 아무리 불행한 일이라도 시간이 지나면 망각한다. 그래서 비슷한 사건이 반복해서 일어난다. 따라서 피차간에 피해를 보지 않으려면 이런 일이 발생하지 않도록 예의 주시해야 한다. 또 다른 문제는 이런 일로 남녀 간의 첨예한 대립이 더 고착화할지 모른다는 점이다.

한자어의 지나친 사용이 문장을 얼마나 어지럽고 딱딱하게 하는지 잘 보여주는 글이다. 세종대왕이 한글을 만든 이유가 뚜렷하게 드러난다. 한국 사람이 쓰는 말의 70%가 한자어다. 한자어를 쓰지 않고 한 권의 책을 쓰기란 보통 어려운 일이 아니다. 하지만 최대한 줄이려고 노력해야 한다. 첫 문장부터 시작하자.

> 전대미문의 사건이 일어났다.

'전대미문'은 한자어다. 논설문이나 보도문에서 많이 쓴다. 우리말로 고쳐야 한다. '믿기 힘든' 또는 '들어본 적 없는' 정도가 좋다. 문맥상 '믿기 힘든'이 어울린다.

> 믿기 힘든 일이 일어났다.

다음으로 넘어가자.

> 성 착취 동영상을 유포한 사람은 20대 청년이었다.

'착취'라는 말도 쉬운 한자어는 아니다. 다만, '성 착취'는 범죄 용어로 널리 쓰이며 고유명사처럼 사용하는 단어이므로 그대로 둬야 한다. 이보다는 '유포'라는 말이 거슬린다. 우리말 '퍼뜨리다'로 바꾸자. 뒤에 설명하겠지만, '명사'보다 '동사'를 많이 써야 좋다.

> 성 착취 동영상을 퍼뜨린 사람은 20대 청년이었다.

다음을 보자.

공무원도 포함되어 있다는 소식에 경악을 금치 못했다.

많이 쓰는 말로 '경악을 금치 못하다'가 있다. '경악'과 '금하다'가 하나의 단어처럼 붙어 다니는 예다. '경악'은 '놀라다', '금하다'는 '참다'의 의미다. 즉 '놀라움을 참지 못했다'이다. 한마디로 '깜짝 놀라다'라는 뜻이다. 다음은 '소식'이다. 많이 쓰는 표현이어서 자연스러워 보이지만, 한자어다. 부드럽게 고쳐 보자.

공무원도 포함되어 있다는 말에 깜짝 놀랐다.

고치기 전보다 깔끔하다. 글쓴이의 심리가 고스란히 드러난다. 문장이 살면 단락이 살고 전체 내용에도 영향을 준다. 다음으로 넘어가자.

정부의 강력한 성범죄 방지 정책에도 불구하고 같은 일이 되풀이되고 있다.

이 문장에도 많이 쓰지만, 버려야 할 표현이 있다. 바로 '불구하고'다. 주로 '~함에도 불구하고' 형태로 많이 쓴다. 문장도 길어지고 딱딱해진다. '~데도' 정도로 바꾸면 간결하고 부드러워진다. 즉 '그럼에도 불구하고'는 '그런데도'로 바꿔야 한다. 아예 빼버려도 상관없다.

정부의 강력한 성범죄 방지 정책에도 같은 일이 되풀이되고 있다.

문장이 간결해졌다. 안 써도 되는 한자어라면 빼야 한다. 다음 문장을 보자.

좀 더 강력한 특단의 조치가 필요하다.

이 문장에서 특단의 조치가 필요한 표현은 '특단의 조치'다. 앞에서 다룬 '경악을 금치 못했다'처럼 '특단'과 '조치'가 하나의 단어처럼 쓰인다. 딱딱하고 어려운 한자어다. 좀 더 쉬운 말로 바꿔 쓰도록 하자.

좀 더 특별한 방법이 필요하다.

이 정도면 무난하다. 다음 문장으로 넘어가 보자.

왜 이런 일이 계속해서 발생하는지 의아하게 생각하는 사람도 많다.

먼저 '계속해서'를 보자. 어려운 표현은 아니다. 다만, 더 좋은 표현이 떠오른다면 바꾸는 것이 좋다. 어떤 표현이 좋을까? '끊이지 않고'라면 좋다. '발생했는지'역시 마찬가지다. 다른 표현이 있다면 바꿔야 한다. 어떻게 바꿀까? '발생하다'보다는

'일어나다'로 바꾸자. 다음은 '의아하게'를 고쳐야 한다. 되도록 쉽게 써야 한다. '의심스러운' 상태를 뜻하는 말인데 무겁고 딱딱하다. 좀 더 부드럽게 고치자. '이상하게'라면 좋다.

왜 이런 일이 끊이지 않고 일어나는지 이상하게 생각하는 사람도 많다.

이 정도면 무난하다. 다음으로 넘어가자.

아무리 불행한 일이라도 시간이 지나면 망각한다.

직접 찾아보라. 글쓴이가 어려운 한자어를 골라 쓰려고 애쓰는 모습이 안타깝다. '망각'이라는 단어를 씀으로써 문장이 죽어버렸다. 딱딱하고 어색하다. 짧게 써야 한다는 생각에 집착하면 무리하게 된다. 아무리 짧고 간결해도 속도감이나 생생함이 사라진다면 좋은 문장이 아니다. 한자어는 압축 문자다. 그래서 짧게 써야 할 때 한자어를 많이 쓴다. 글쓰기가 어려운 이유다. 짧게 쓰는 단문이 장문보다 쉬울 거로 생각해서는 안 된다. '망각'을 말 그대로 지워버리자.

아무리 불행한 일이라도 시간이 지나면 잊어버린다.

또는

아무리 불행한 일이라도 시간이 지나면 기억에서 멀어진다.

다음 문장을 보자.

따라서 피차간에 피해를 보지 않으려면 이런 일이 발생하지 않도록 예의 주시해야 한다.

긴 문장이다. 문장이 길면 빼야 할 것도 많다. 곳곳에 지뢰가 숨어 있다. 먼저 '피차간에'가 눈에 띈다. 쓸데없이 한자어를 사용했다. 문장이 시작부터 삐걱거린다. 가차 없이 바꾸자 '서로'로 말이다. 다음은 '예의 주시해야 한다'이다. 끔찍할 정도로 불편한 표현이다. 쉬운 표현이 얼마든지 있는데 굳이 어렵게 쓰는 이유는 과시욕 때문이다. 자기를 과시하려고 글을 써서는 안 된다. 과시욕이 강하면 강할수록 독자는 멀어진다. 작가로서 가장 피해야 할 행동이다. 이 문장을 고쳐보자.

따라서 서로 피해를 보지 않으려면 이런 일이 일어나지 않도록 신경 써야 한다.

문장이 직관적으로 바뀌었다. 어려운 한자어를 빼니 글쓴이의 의도가 명확해졌다. 더불어 '발생하다'를 '일어나다'로 바꾸는 일도 빼먹지 말자. 마지막 문장을 살펴보자.

> 또 다른 문제는 이런 일로 남녀 간의 첨예한 대립이 더 고착화할 지 모른다는 점이다.

마지막 관문인 만큼 쉽지 않다. 최종 보스는 언제나 강력하다. 고삐 풀린 망아지처럼 글쓴이는 긴장의 끈을 놓고 날뛰기 시작했다. 이제 이 글은 더 읽고 싶지 않다. 혼자 즐기려고 쓴 글을 같이 읽어 줄 필요가 있을까? 글쓴이 스스로 망친 문장을 살려보자. 먼저 '첨예한 대립'이다.

'첨예하다'를 제대로 이해하는 사람이 얼마나 될까? 뒤에 '대립'이 붙어 있어 어렴풋이 알아듣긴 하겠지만, 쓸데없는 군더더기다. '첨예하다'는 날카롭고 뾰족하다는 뜻이다. 이어지는 답답한 문장은 '고착화'다.

무슨 의미일까? 글쓴이는 독자와 숨바꼭질을 하고 싶은 것일까? 아니면 독자를 질식시켜 버리고 싶은 것일까? 이런 문장은 쓰레기통에 들어가야 한다. '고착화'란 어떤 현상이 굳어져 변하지 않는 상태를 가리킨다.

다시 말해 이 문장은 '날카롭고 뾰족한 대립이 더 굳어져 변하지 않을지도 모른다'라는 뜻이다. 이게 무슨 개뼈다귀 같은 소린가? 여러 번 강조하지만 쉽게 써야 한다. 초등학생도 이해하도록 써야 한다. 이것이 글의 본질이다. 날카롭고 뾰족한 표현을 부드럽고 간략하게 바꾸자. 질식할 듯 답답한 표현에 신선한 공기를 불어넣자. 먼저 '첨예한 대립'은 '갈등'으로 바꾸자. '고착화할지도 모른다'는 문맥을 고려해서 '심해질지도 모른다'로 바꾸자.

> 또 다른 문제는 이런 일로 남녀 간의 갈등이 더 심해질지도 모른다는 점이다.

이제 종합해서 정리하자.

> 믿기 힘든 일이 일어났다. 성 착취 동영상을 퍼뜨린 사람은 20대 청년이었다. 공무원도 포함되어 있다는 말에 깜짝 놀랐다. 정부의 강력한 성범죄 방지 정책에도 같은 일이 되풀이되고 있다. 좀 더 특별한 방법이 필요하다. 왜 이런 일이 끊이지 않고 일어나는지 이상하게 생각하는 사람도 많다. 아무리 불행한 일이라도 시간이 지나면 잊어버린다. 그래서 비슷한 사건이 반복해서 일어난다. 따라서 서로 피해를 보지 않으려면 이런 일이 일어나지 않도록 신경 써야 한다. 또 다른 문제는 이런 일로 남녀 간의 갈등이 더 심해질지도 모른다는 점이다.

어떤가? 문장은 선명해지고 흐름도 좋아졌다. 누가 읽어도 술술 읽히는 글이다. 어려운 한자어를 많이 써야 멋진 문장이라고 생각한다면 그렇게 하라. 대신 그런 글은 본인 일기장에 써야 한다. 괜히 남까지 힘들게 하지 마라.

조심해야 할 한자어 표현을 몇 가지 더 소개한다. 잘 참고하여 자기 글에 신선함과 선명함을 더하기 바란다. 이 밖에도 어려운 한자어와 자기도 모르게 쓰는 한자어가 많다. 따로 공부할 필요는 없지만, 글을 다 쓴 다음 고칠 때 찾아보는 수고는 해야 한다. 꼭 그렇게 하기 바란다.

의외로 → 뜻밖에

소음 → 시끄러운 소리

독자적으로 → 혼자

조우 → 만나다.

필히 → 꼭, 반드시

미명하에 → 핑계로

저의 → 속셈

파죽의 → 거침없는

시선 → 눈길

사안 → 일, 내용

이견 → 다른 의견

일언지하에 → 한 마디로, 딱 잘라

향후 → 앞으로

표출하다 → 나타내다

선호하다 → 좋아하다

이런 소심한 사람 같으니라고!

중국과 일본 못지않게 서양 문화 역시 많은 영향을 끼쳤다. 그들이 남긴 흔적 가운데 하나가 수동형 표현이다. 수동 표현은 미국 작가들조차 쓰지 말아야 한다고 주장한다. 그러므로 굳이 우리가 나서서 쓸 필요는 없다. 하지만 너무 익숙해져서 말처럼 쉽지 않다. 많은 사람이 수동 표현을 쓰지 않으면 좋은 문장을 쓰지 못할 거라 불안해한다. 그래서 글 곳곳에 수동 표현이 등장한다. 수동형 문장의 가장 큰 문제는 무엇일까? 왜 거장들이 나서서 반대하는가?

레오나르도 다빈치는 정적인 그림에 동적인 느낌을 주려고 노력했다. 그의 작품에 등장하는 인물들 가운데 뻣뻣하게 서 있는 사람은 한 명도 없다. 고개를 돌리거나 몸을 비틀거나 손가락을 펼치거나 눈동자를 굴린다. 레오나르도 다빈치가 움직임에 신경 쓴 이유는 무엇일까? 생동감을 주기 위해서일까? 아니다. 레오나르도 다빈치는 그 이상을 바랐다. 그가 움직임에 주목한 이유는 회화의 부족한 부분인 정적인 인물의 심리 상태, 다시 말해 마음을 읽으려면 움직임이 필요하다고 보았기 때문이다.

글도 마찬가지다. 수동 표현을 멀리해야 하는 이유는 단지 움직임이 드러나지 않아 답답해서만은 아니다. 수동 표현은 소심함을 나타낸다. 따라서 글쓴이의 의도나 등장인물의 심리를 온전하게 표현하지 못한다. 남이 하라는 대로만 하는 사람은 무색무취할 뿐이다. 반면에 능동 표현은 글쓴이나 등장인물의 심리를 명확하게 드러낸다. 문장에 활력을 불어넣는 역할 그 이상의 정보를 독자에게 전달한다. 따라서 수동 표현을 멀리하고 능동 표현을 많이 쓰는 일은 선택이 아닌 필수라고 생각해야 한다. 예문을 보며 속내를 숨기고, 소심하게 미소 짓는 답답한 표현을 골라내보자.

> 이름 없는 작가가 쓴 수많은 원고가 있다. 이 작가들은 잊혀졌지만 때로는 그들 사후 책이 출판되기도 한다. 그리고 어떤 책은 출간되자마자 베스트셀러에 오른다. 이름 없는 사람이 쓴 원고를 주의 깊게 살펴보기란 쉽지 않다. 어떤 책은 내용에 상관없이 이름 있는 출판사가 개입되어 있다는 이유로 베스트셀러에 오르게 되기도 한다. 당신이 만약 실력은 있지만, 번번이 거절을 당하는 소수의 작가에 해당된다면 억울해할 만한 일이다. 원석을 캐려면 때로는 모험을 감수해야 한다. 보여지는 것이 다가 아님을 깨닫는다면 소수의 무명작가에게도 기회를 줘야 한다. 그들이 쓴 원고가 무조건 채택되어야 한다고 주장할 생각은 없다. 단지 기회조차 없는 현실을 고쳐보자는 것이다. 그들은 너무 자주 현실의 벽에 부

> 딪히게 된다. 장벽을 허무는 일에 앞장설 힘 있는 자의 등장이 필요한 시점이다.

그럴듯한 주장이지만, 문장에 힘이 없다. 무슨 말을 하려는 건지 잘 와닿지 않는다. 왜 그런지 하나하나 뜯어보자.

> 이 작가들은 잊혀졌지만 때때로 그들 사후 책이 출판되기도 한다.

'잊혀지다'라는 말을 흔히 쓰다 보니 이런 표현이 등장했다. 수동 표현은 의지를 드러내지 못한다. '잊었다'라고 하면 된다. 말하는 사람의 의지가 드러나야 한다. 여기서는 '잊었다'를 쓰면 문맥에 맞지 않는다. 따라서 '사라졌다' 정도가 적당하다. 이어지는 문장인 '책이 출판되기도 한다' 역시 고쳐야 한다. 글쓴이의 의도를 떠나 죽은 문장이다. 작가는 되도록 능동형으로 표현하려고 노력해야 한다. '책을 출판하기도 한다' 또는 '책이 나오기도 한다'로 고쳐야 한다. 그러면 위 문장은 어떻게 고쳐야 할까? 다듬어서 다시 써보자.

> 이 작가들은 사라졌지만 때로는 그들 사후 책을 출판하기도 한다.

또는

> 이 작가들은 사라졌지만 때로는 그들 사후 책이 나오기도 한다.

이 정도로 정리하자. 다음 문장을 보자.

그리고 어떤 책은 출간되자마자 베스트셀러에 오른다.

어떤 표현을 고쳐야 할지 금방 눈에 띈다. 소심하거나 딱딱한 격식을 좋아하거나 무색무취한 사람이 아니라면 이런 표현은 멀리해야 한다. 혼자 보려고 글을 쓰는 사람은 없다. 글은 소통이며 전달이다. 글쓴이의 의도가 분명하게 드러나야 좋은 글이다. 의도를 분명하게 드러내야 한다는 말은 자신 있게 써야 한다는 뜻이다. 의도를 숨기지 말아야 하며, 작가가 글 뒤에 숨으려 해서도 안 된다. 책은 출간되는 것이 아니라 출간하는 것이다. 제발 되지 말고 해버려라. 이해했다면 고쳐보자.

그리고 어떤 책은 출간하자마자 베스트셀러에 오른다.

역동적인 글로 다시 태어났다. 바쁘게 책을 나르는 사람의 모습이 떠오른다. 너무 과장하지 말라고? 아니다. 정말 그렇다. 그렇게 느끼지 못했다면 조금 더 공부가 필요하다. 다음으로 넘어가자.

어떤 책은 내용에 상관없이 이름 있는 출판사가 개입되어 있다는 이유로 베스트셀러에 오르게 되기도 한다.

글쓴이의 생각이 아니라 어디서 전해 들은 이야기를 하는 것처럼 들린다. 글쓴이가 드러나지 않는다. 게다가 쓸데없이 문장이 길어져 호흡에도 문제를 일으킨다. 독자를 소화불량에 빠트려서는 안 된다. 먼저 '출판사가 개입되어'라는 문장을 보자. 방송 기자가 쓴 대본처럼 글쓴이 자신의 안전을 지나치게 고려한 소심함이 엿보인다. 이어지는 문장인 '베스트셀러에 오르게 되기도 한다'는 더 심각하다. 마치 제품 설명서를 읽는 느낌이다. 이중 삼중의 안전장치를 마련해 보고자 하는 글쓴이의 의도가 문장을 망치고 있다. 이런 표현은 가차 없이 고쳐야 한다. 다음과 같이 말이다.

> 어떤 책은 내용에 상관없이 이름 있는 출판사가 개입했다는 이유로 베스트셀러에 오른다.

어떤가? 문장도 줄어들었고, 리듬감도 살아났다. 읽기 편하다. 무엇보다 글쓴이의 의도가 명확하게 드러난다. 능동 표현으로 주장에 힘이 실렸다. 글은 글쓴이의 의도가 담겨 있어야 한다. 힘없는 글은 아무도 설득하지 못한다. 다음 문장으로 넘어가자.

> 당신이 만약 실력은 있지만, 번번이 거절을 당하는 소수의 작가에 해당된다면 억울해할 만한 일이다.

고쳐보기 바란다. 어디가 어색한가? '소수의 작가에 해당된다면'이 눈에 거슬린다. 자기 의지 없이 어떤 무리에 억지로 묶이고 싶은 사람은 없다. 나는 소수의 작가에 해당되는 것이 아니라 해당한다. 작가는 흐름을 끊지 않는 선에서 문장을 좀 더 능동적으로 바꾸려고 노력해야 한다. '소수의 작가에 해당한다면'으로 바꾸자. 아니면 더 짧게 바꿔도 좋다. '소수의 작가라면'이라고 말이다.

그리고 또 하나 고칠 부분이 있다. 이제 말 안 해도 알 거라 생각한다. 그렇다. '거절을 당하는'이다. 여기서 '을'은 쓸모없는 군더더기다. 따라서 다음과 같이 고치자.

> 당신이 만약 실력은 있지만, 번번이 거절당하는 소수의 작가라면 억울해할 만한 일이다.

다음 문장으로 넘어가자.

> 보여지는 것이 다가 아님을 깨닫는다면 소수의 무명작가에게도 기회를 줘야 한다.

이 문장은 소극적이다 못해 비굴하기까지 하다. 왜 그럴까? 앞에서 나는 중복을 경계해야 한다고 강조했다. 그런데 이 문장에는 수동을 연달아 쓴 표현이 있다. 수동형을 수동적으로 표현한 이 문장에 아무런 불만이 없다면 글 쓰는 사람의 자세가 아니다. 나 역시 이런 실수를 한다. 중요한 점은 실수를 바로잡을 눈을 가지고 있느냐 없느냐다. 거두절미하고 이 악랄한 녀석을 끌어내자. 바로 '보여지는 것이 다가 아님을'에서 '보여지는'이다. '보이다'에 '~해 지다'가 연이어 붙었다. 무엇이 불안해서 이런 표현을 쓴단 말인가? 누가 보기 전에 고쳐야 한다. 어떻게 고칠까? '겉모습이 다가 아님을 깨닫는다면' 또는 '본 것이 다가 아님을 깨닫는다면' 정도면 무난하다. 굳이 고르자면 첫 번째 문장이다. 하나 더 확인하고 넘어가자. 바로 '깨닫는다면'이다. 문맥상 어울리지 않는다. 글쓴이의 과욕이 엿보이는 문장이다. '안다면' 정도로 바꾸는 것이 좋다. 종합해서 정리하면 이렇다.

> 겉모습이 다가 아님을 안다면 소수의 무명작가에게도 기회를 줘야 한다.

다음으로 넘어가자.

> 그들이 쓴 원고가 무조건 채택되어야 한다고 주장할 생각은 없다.

아주 소심한 주장이다. 굳이 주장할 생각은 없다고 말하지 않아도 위협적으로 들리지 않는다. 무엇이 문제일까? 이왕 주장하는 김에 좀 더 자기 뜻을 분명하게 밝혀야 한다. '채택되어야 한다'고 말하지 말자. '채택해야 한다고' 말하자. 이래야 주장다운 주장이다.

그들이 쓴 원고를 무조건 채택해야 한다고 주장할 생각은 없다.

다음 문장으로 넘어가자.

그들은 너무 자주 현실의 벽 앞에 부딪히게 된다.

작가의 주장(?)처럼 현실의 벽이 아니라 문장의 벽에 부딪혔다. 잘 달리던 말이 갑자기 멈췄다. 막다른 골목을 만났다. 부딪히는 모습이 떠오르지 않는다. 작가는 벽에 강하게 부딪히는 난관을 표현하려고 했을 것이다. 하지만 실패로 끝났다. 강하게 부딪히기는커녕 TV를 보는 것처럼 동떨어졌다. 작가의 의도를 제대로 전달하지 못하면 그 글은 죽은 글이다. 의도를 명확하게 드러내라. '벽 앞에 부딪혔다'고 말하라. 따라서 이 문장은 '그들은 너무 자주 현실의 벽 앞에 부딪혔다'로 고치자.

그런데 뭔가 찝찝하지 않은가? 느끼지 못했다면 이 책을 제대로 읽지 않았다는 증거다. '부딪히게 된다'에 몰입해서 깜빡했다고 둘러대지 말자. 나는 앞에서 '부사'에 관해 이야기했다. 부사는 문장에 지장을 주지 않으면 굳이 쓸 필요가 없다고 했다. 게다가 이 문장에는 부사가 연이어 등장한다. '너무'와 '자주'다. 부사의 반복으로 이 문장은 힘만 잃은 것이 아니라 질서까지 잃었다. 지저분하고 생기 없는 문장이 되고 말았다. 둘 중 하나를 없애야 한다. 문맥에 맞는 단어는 '자주'이므로 '너무'를 빼자.

> 그들은 자주 현실의 벽 앞에 부딪힌다.

난관에 부딪히는 작가의 모습이 눈에 들어온다. 글쓴이의 의도가 그대로 드러난다. 레오나르도 다빈치의 말처럼 움직임은 사람의 심리를 반영한다. 명심하기 바란다. 이제 종합해서 문장을 정리하자.

> 이름 없는 작가가 쓴 수많은 원고가 있다. 이 작가들은 사라졌지만 때로는 그들 사후 책을 출판하기도 한다. 그리고 어떤 책은 출간하자마자 베스트셀러에 오른다. 이름 없는 사람이 쓴 원고를 주의 깊게 살펴보기란 쉽지 않다. 어떤 책은 내용에 상관없이 이름 있는 출판사가 개입했다는 이유로 베스트셀러에 오른다. 당신이 만약 실력은 있지만, 번번이 거절당하는 소수의 작가라면 억울해할 만한 일이다. 원석을 캐려면 때로는 모험을 감수해야 한다. 겉모습이 다가 아님을 안다면 소수의 무명작가에게도 기회를 줘야 한다. 그들이 쓴 원고를 무조건 채택해야 한다고 주장할 생각은 없다. 단지 기회조차 없는 현실을 고쳐보자는 것이다. 그들은 자주 현실의 벽에 부딪힌다. 장벽을 허무는 일에 앞장설 힘 있는 자의 등장이 필요한 시점이다.

고치기 전보다 훨씬 명쾌하다. 작가의 주장이 명확해졌다. 글에 힘이 생기니 설득력도 살아났다. 뻥 뚫린 대로를 씩씩하게 걸어가는 작가의 모습이 눈에 선하다. 소극적인 문장을 없애기 바란다. 한 번에 잘 쓸 수 없다. 그렇다면 고칠 때 잘 고쳐야 한다. 훌륭한 작가는 잘 쓰는 사람이 아니라 잘 고치는 사람이다. 문장 몇 개를 더 고쳐보자. 내가 고친 문장을 보기 전에 스스로 고쳐야 한다.

> 11시에 회의가 개최될 예정입니다.
>
> 이번 사건은 정당방위로 조사되었습니다.
>
> 합격자에 해당되는 사람은 이쪽으로 모여주세요.
>
> 그럼 요리된 음식을 먹어보도록 하겠습니다.
>
> 내 잘못을 뒤늦게 인정하게 되었다.

고친 문장은 다음과 같다.

> 11시에 회의를 시작합니다.
>
> 이번 사건은 정당방위로 밝혀졌습니다.
>
> 합격한 사람은 이쪽으로 모여주세요.
>
> 그럼 요리를 먹어보도록 하겠습니다.
>
> 내 잘못을 뒤늦게 인정했다.

'되다'를 '하다'로 고치려고만 하지 말고 문장을 간결하게 다

듣는다는 생각으로 접근해야 한다. 때에 따라서는 문장 전체를 바꾸는 일도 서슴지 말아야 한다.

몸에 맞는 옷을 입어라!

수동형 표현 말고도 잘 고쳐지지 않는 표현이 많다. 신경 써서 고쳐야 한다. 읽는 사람도 모르는 데 그냥 써도 괜찮지 않을까?라고 생각한다면 큰 착각이다. 휴대 전화가 없던 시절 우리는 공중전화를 이용했다. 그것이 당연했으므로 불편하다고 생각하지 않았다. 그런데 휴대 전화가 등장하자 공중전화의 불편함이 드러났다. 필요할 때 없고, 급한데 줄 서야 하고, 어렵게 차례가 돌아와도 주머니에 동전이 없다면 공중전화는 무용지물이다. 휴대 전화는 이런 불편함을 싹 없애 주었다. 휴대 전화가 있는데 공중전화를 찾는 사람이 있을까? 공중전화가 사라진 이유다. 글 역시 마찬가지다. 같은 주제로 블로그를 운영하는 두 사람이 있다고 생각하자. 한 블로거는 부자연스러운 외래어로 가득한 글을 쓰고, 다른 블로거는 우리말로 간결하게 글을 쓴다면 어떤 블로그에 사람이 몰릴까? 블로그가 하나라면 고민할 필요가 없다. 옳고 그름도 따지지 않는다. 하지만 다른 블로그가 있다면 이야기는 달라진다. 문장에 관해 잘 모르는 사람도 어떤 글이 읽기 편한지 금방 알아차린다. 읽기 좋은 블로그를 놔두고 굳이 어려운 문장으로 가득한 블로그를 찾을 리 없다. 좋은 글은 저절로 써지지 않는다. 끊임없이 찾아내고 고치는 수고로움에서 태어난다. 다른 방법이 있다고 주장하는 사람이 있다면 멀리해야 한다. 그 사람은 글쓰기보다 당신의 호주머니에 관심이 많은 사람이다. 예문을 보면서 시작해보자.

> 좋은 사람이 되기 위해 노력해야 한다. 그저 그렇게 살아서는 안 된다. 사회가 필요로 하는 사람이 되도록 열심히 살아야 한다. 그래서 봉사활동을 하기로 결심했다. 교수님으로부터 도움의 손길이 필요한 곳을 소개받았다. 봉사활동을 하면서 어려운 사람에 대해 많은 관심을 갖게 되었다. 우리 주위에는 도움이 필요한 사람이 많기 때문에 자원봉사자가 부족한 실정이다. 자기 이익만 생각하는 사람이 많다. 행동하지 않으면서 말만 하는 사람들은 나를 화나게 만든다. 말보다 행동이 앞서야 한다. 좋은 날이 올 것이라고 믿으며 오늘도 신발 끈을 동여맨다.

'번역투' 표현을 모았다. 앞에서 말한 것처럼 한국문학은 서양 문학의 영향을 많이 받았다. 아니 그럴 수밖에 없었다. 일제 강점기를 거치면서 제대로 된 창작문화가 없던 시절 가장 좋은 교재는 외국 문학뿐이었다. 그러다 보니 자연스럽게 번역 투 문장이 자리 잡게 되었다. 하나하나 살펴보면서 고쳐보자.

좋은 사람이 되기 위해 노력해야 한다.

많이 쓰는 번역 투 문장의 하나로 '~기 위해'가 있다. 지금은 아무렇지 않게 쓰지만, 원래 우리말에 없던 표현이다. 많은 사람이 쓴다고 해서 옳은 것은 아니다. 글을 쓰다 보면 나도 모르게 나오는 흔한 표현이므로, 고치는 과정에서 잊지 말고 바꿔야 한다. 어떻게 고쳐야 할까?

좋은 사람이 되려고 노력해야 한다.

고치기 전 문장과 비교해 보라. 앞 문장은 언덕을 오르는 것처럼 힘들다. 길을 가다 가파른 산을 만난 느낌이다. 반면에 고친 문장은 산 하나를 깎아 낸 듯 시원하다. 몸에 맞는 옷을 입어야 한다. 옷에 몸을 맞춰서는 안 된다. 다음 문장으로 넘어가자.

사회가 필요로 하는 사람이 되도록 열심히 살아야 한다.

역시 영어 번역 투 문장이 눈에 띈다. 찾아보라. 바로 '필요로 하는'이다. 필요하면 필요하지 굳이 '필요로 한다'라는 모호한 표현을 써서 의미를 희석하지 말아야 한다. 이 문장은 죽은 문장이다. 자기주장이 불명확하다. 글쓴이의 생각인지 다른 누구의 생각인지 구분하기 어렵다. 번역 투 문장을 쓰면 움직임이 줄고 소심해진다. 좀 더 적극적인 표현으로 바꾸자. 어떻게 바꿔야 할까?

사회에 필요한 사람이 되도록 열심히 살아야 한다.

글쓴이의 주장이 잘 드러난다. 글 쓸 때는 자기 생각을 분명하게 표현해야 한다. 다음 문장을 보자.

그래서 봉사활동을 하기로 결심했다.

영문학에는 '~기로 결정하다'라는 표현을 많이 쓴다. 이 버릇이 그대로 넘어왔다. 우리말로는 그냥 '~기로 했다' 정도의 표현이다. '봉사활동을 하기로 했다' 정도로 표현해도 글쓴이의 주장에 금이 가지 않는다. 가능하면 우리말에 없는 거추장스러운 표현은 빼야 한다. 여기서는 '하기로 했다'보다 글쓴이의 의지를 좀 더 드러내서 '마음먹었다'로 바꿔주자.

그래서 봉사활동을 하기로 마음먹었다.

이 정도면 무난하다. 다음 문장으로 넘어가자.

교수님으로부터 도움의 손길이 필요한 곳을 소개받았다.

좋지 않은 문장이다. 하나하나 따져보자. 먼저 '교수님으로부터'가 거슬린다. '~로부터'는 전형적인 번역투 문장이다. 우리말에는 '~에서', '~에게서', '~한테서'라는 표현이 있다. 그런데도 굳이 '~로부터'를 쓰는 이유는 그만큼 외래어 표현이 뿌리 깊다는 뜻이다. 따라서 이 문장은 '교수님한테서'로 고쳐야 알맞다. 그다음으로 신경 쓰이는 문제는 '~해 받다'라는 표현이다. '~로부터'를 쓰면 자연스럽게 수동형으로 변한다. 글 쓸 때는 되도록 능동 표현을 많이 써야 한다. 그래야 문장이 산다. 따라서 이 문장의 주체를 '나'가 아닌 '교수님'으로 바꿔 표현하자.

교수님께서 도움의 손길이 필요한 곳을 알려 주셨다.

주체가 바뀌니 문장이 살아났다. 능동형 문장은 언제 읽어도 흥미진진하다. 외래어를 줄이면 문장에 활력이 생긴다. 다음으로 넘어가자.

봉사활동을 하면서 어려운 사람에 대해 많은 관심을 갖게 되었다.

어떤 표현을 고쳐야 할까? '~을 갖다(가지다)'를 보자. 많이 쓰는 번역 투 표현이다. 자주 쓰다 보니 '즐거운 시간을 갖기 바란다'거나 '좋은 친구를 갖고 있다'처럼 문맥에 맞지 않는 문장도 서슴없이 쓴다. 시간과 친구는 물건처럼 소유할 수 없다.

따라서 '즐겁게 지내기 바란다'와 '좋은 친구가 있다'로 바꿔야 한다. 그렇다면 '관심을 갖다'를 어떻게 바꿀까? '관심이 생기다'로 바꾸면 알맞다. 그렇게 해왔다는 이유로 고치려고 하지 않는다면 좋은 글쓰기는 포기해야 한다.

봉사활동을 하면서 어려운 사람에 대해 많은 관심이 생겼다.

'갖다'와 '되었다'가 합쳐져 좋지 않던 문장이 깔끔하게 변했다. 이렇게 하나의 표현을 고치면 좋지 않던 다른 표현까지 좋아진다.

우리 주위에는 도움이 필요한 사람이 많기 때문에 자원봉사자가 부족한 실정이다.

'때문에' 역시 좋은 친구는 아니다. 영어로 'because of'다. 영문학에 많이 등장하는 표현이다. 이 말을 우리말로 옮기다 보니 우리 문장에 '때문에'가 늘어나기 시작했다. '사람이 많기 때문에'는 '사람이 많아서' 또는 '사람이 많으므로' 정도의 뜻이다. 여기서는 뒤에 나오는 문장과 잘 맞도록 고쳐야 하므로 '사람은 많은데'가 알맞다. 다양한 표현으로 바꾸는 연습을 해야 한다. 하나가 더 남았다. '실정이다'도 고치도록 하자. 어려운 한자어는 좀 더 명확한 표현으로 바꿔 주거나 빼야 한다고 말했다. 여기서는 빼도록 하자. 쓸데없는 군더더기다.

우리 주위에는 도움이 필요한 사람은 많은데 자원봉사자는 부족하다.

문장이 짧고 간결해졌다. 군더더기를 없애고 잘 쓰지 않는 표현을 고치자 읽기 좋은 문장으로 변했다. 문장력은 하루아침에 좋아지지 않는다. 끊임없는 고민과 노력만이 유일한 방법이다. 물러서지 마라. 노력하면 얼마든지 좋은 글을 쓴다. 다음 문장을 살펴보자.

행동하지 않으면서 말만 하는 사람들은 나를 화나게 만든다.

서양 문학의 가장 큰 단점은 뭐니 뭐니 해도 소극적인 표현이다. 즉 수동 표현이다. '~게 만들다'는 내가 무엇을 능동적으로 한 것이 아니다. 누군가 그렇게 하도록 했다는 의미가 강하다. 화가 나도 누군가 화가 나게 했다는 점에 초점을 맞춘다. 이런 표현은 정말이지 나를 화나게 만든다. 아니 화나게 한다. 말과 행동은 능동적이어야 한다. 능동적인 사람은 삶을 지배한다. 반면에 수동적인 사람은 삶에 지배당한다. 움직임을 놓치면 좋은 글을 쓸 수 없다. 더 화나기 전에 고쳐보자.

행동하지 않으면서 말만 하는 사람들은 나를 화나게 한다.

작은 변화만으로 글쓴이의 감정이 놀랍도록 바뀌었다. 분

노가 느껴진다. 남 핑계를 대지 말고 능동적으로 움직이자. 마지막 남은 문장도 고쳐보자.

좋은 날이 올 것이라고 믿으며 오늘도 신발 끈을 동여맨다.

어색한 표현이 눈에 띈다. 그렇다. '올 것이라고 믿으며'에서 '것이라고'가 거슬린다. 역시 번역 투 표현이다. '것'과 '고'가 만나 문장을 답답하게 한다. 부드럽게 고쳐야 한다.

좋은 날이 올 거라 믿으며 오늘도 신발 끈을 동여맨다.

이 정도면 괜찮다. '올 것으로'도 괜찮지만 덜 부드럽다. 이제 종합해서 정리해보자.

좋은 사람이 되려고 노력해야 한다. 그저 그렇게 살아서는 안 된다. 사회에 필요한 사람이 되도록 열심히 살아야 한다. 그래서 봉사활동을 하기로 마음먹었다. 교수님께서 도움의 손길이 필요한 곳을 알려 주셨다. 봉사활동을 하면서 어려운 사람에 대해 많은 관심이 생겼다. 우리 주위에는 도움이 필요한 사람은 많은데 자원봉사자는 부족하다. 자기 이익만 생각하는 사람이 많다. 행동하지 않으면서 말만 하는 사람들은 나를 화나게 한다. 말보다 행동이 앞서야 한다. 좋은 날이 올 거라 믿으며 오늘도 신발 끈을 동여맨다

고치기 전과 비교해보자. 부드러움과 함께 힘까지 더해졌다. 글쓴이의 생각도 더 뚜렷해졌다. 답답함과 늘어짐은 사라지고 톡톡 튀는 탄성이 생겼다.

오랜 시간 우리 정서와 맞지 않는 문장을 마치 우리 것인 양 착각하며 써왔다. 읽기에 답답하고, 힘들고, 소극적인 문장은 좋은 글이 아니다. 그렇게 만든 원인이 어디서 왔는지 알았다면 고쳐야 한다. 원인을 알고도 놔두는 사람은 어리석은 사람이다. 모든 문제를 없애기 어렵다고 해서 문장을 어지럽히는 표현을 모른 척해서는 안 된다. 지금까지 설명한 표현을 자기도 모르게 썼다면 이제부터는 단호히 칼을 빼 들어라. "다비드와 관련 없는 것들은 모두 버렸다"라고 말한 미켈란젤로처럼 깨끗하게 쳐내기 바란다.

가시를 빼내라!

작은 고추가 맵다. 작고 하찮아 보여도 전체를 무너뜨린다. 멀고 먼 옛날, 현 가자 지구에 블레셋이라는 민족이 살았다. 블레셋에는 키가 3m인 거인이 있었다. 블레셋 군대와 싸우던 이스라엘 군대는 이 거인이 나타나면 도망치기 바빴다. 그러던 어느 날 이스라엘 군대에 양치기 출신 사내가 나타났다. 사내는 거인을 보면 사시나무 떨듯 벌벌 떠는 다른 병사들과 달랐다. 무리에서 빠져나와 돌멩이 하나로 이 거인을 무너뜨렸다. 거인은 자기보다 한참 작은 사내에게 지고 말았다.

이 거인과 양치기 사내의 이름은 골리앗과 다윗이다. 작지만 큰 힘을 발휘하는 사람을 다윗에 비유하곤 한다. 이 비유는 물론 좋은 의미다. 글쓰기에도 다윗이 있다. 양치기처럼 유순하고 약해 보이지만 전체를 흔든다. 다만 여기에 등장하는 다윗은 좋은 의미가 아니다. 요리조리 숨으며 우리를 괴롭히는 다윗이다.

글쓰기의 다윗은 하나가 아니고 여럿이다. 이들은 멀리서 온 녀석들이다. 바로 일본, 중국, 미국이다. 열심히 쓴 글에 숨어 문장을 어지럽힌다. 이제는 고쳐야 한다. 글은 단어 하나에도 균형을 잃는다. 어수룩한 문장, 어색한 문장, 소심한 문장은 단어 하나로 결정된다. 글 쓸 때는 단어 하나도 신중하게 선택해야 한다.

한 유명한 작가가 친구를 3시간이나 기다리게 했다. 3시간 만에 나온 작가는 환하게 웃으며 친구에게 미안하다고 말했다.

친구가 말했다.

"오늘은 글이 잘 써진 모양이구먼." 작가는 이렇게 답했다. "아닐세, 점 하나를 빼야 하나 말아야 하나 고민하던 중이었네."

친구가 물었다. "점 하나 때문에 3시간을 보냈단 말인가?"

작가가 대답했다. "그렇다네."

친구가 다시 물었다. "그래서 어떻게 했나?"

"점을 빼기로 했지. 그랬더니 가슴이 다 후련하더군."

다음 날 친구가 다시 찾아왔다. 그날도 3시간을 기다린 친구는 다시 물었다. "오늘은 왜 이렇게 오래 걸렸나?"

작가는 이렇게 말했다. "어제 뺀 점을 다시 넣어야 하나 말아야 하나 고민했다네."

"그래서 어떻게 했나?"

"다시 넣기로 했지."

친구는 어이가 없어 껄껄 웃고 말았다.

이처럼 작가는 '점' 하나도 함부로 다뤄서는 안 된다. 하물며 단어 하나는 말할 것도 없다. 이제부터 정성스럽게 쓴 문장을 교묘하게 흔드는 녀석들을 찾아 고쳐보자.

> 공부를 잘할 수 있는 방법이 있다. 책을 많이 읽는 것이다. 그러나 말로 하는 것은 쉽지만, 행동하는 것은 어렵다. 나의 어릴 적 꿈은 소설가였다. 그 꿈은 다소 막연한 것이었지만, 책만큼은 지속적으로 읽어 왔다. 책만 읽는 것보다 여러 명의 사람과의 모임을 갖고 토론을 하는 독서 모임도 많은 도움이 될 것이다. 대부분의 사람은 책을 읽을 시간이 없다고 한다. 이렇게 말하는 사람은 공통적으로 책보다 스마트폰을 보거나 잠을 자면서 시간을 보낸다. 무조건 책을 읽으라는 것이 아니다. 쉬는 시간만이라도 책을 읽자는 것이다. 짧은 시간에 고칠 수는 없지만 노력해야 한다.

시간을 줄 테니 어색하거나 부자연스럽다고 생각하는 곳에 밑줄을 그어라. 반드시 이 과정을 거쳐야 한다. 다 했으면 시작해보자. 이 글은 버겁다. 끝까지 읽기가 힘들다. 당신도 나처럼 느끼는가? 그렇지 않다면 유감이다. 좀 더 분발해야 한다. 이 예문이 부자연스럽고, 어수룩한 이유는 부적절한 몇몇 단어의 반복 사용에 있다. 그렇지 않은가? 곳곳에 가시처럼 박혀있는 녀석들을 찾아내 뽑아내자.

> 공부를 잘할 수 있는 방법이 있다.

단어 하나로 문장 전체가 약해졌다. 골리앗의 무릎이 꺾였다. 이 문장에 박혀 있는 가시는 한국 사람이 글 쓸 때 가장 많이 사용하는 단어로 꼽혔을 정도다. 많이 쓴다고 정답은 아니다. 영어의 영향으로 언제 어디서나 흔하게 쓰는 이 녀석은 바로 '수'이다. 원래 우리 민족은 '수'라는 말을 쓰지 않았다. 영미문학이 들어오고 그들이 많이 쓰는 'CAN'을 번역하는 과정에서 이 같은 습관이 생겼다. 글 쓸 때 눈치 보듯 써서는 안 된다. '수'가 붙으면 주장은 사라지고 의견만 남는다. 이 의견은 상대의 눈치를 보듯 소심하고 조심스럽다. 곁눈질하듯 글 쓰지 말고 당당하게 써라. 다음과 같이 말이다.

공부를 잘하는 방법이 있다.

'수' 하나 뺐을 뿐인데 훨씬 당당하고 힘차다. 앓던 이를 뺀 것처럼 시원하다. 다음으로 넘어가자.

책을 많이 읽는 것이다.

한국 사람이 글 쓸 때 많이 쓰는 단어가 또 하나 있다. 바로 '것'이다. 무려 1등이다. 말과 글은 달라서 말하듯이 글을 써서는 안 된다고 말한다. 그런데 '것'은 반대다. '것'은 말할 때 잘 쓰지 않는다. 오히려 글 쓸 때 많이 쓴다. 그 이유는 일본어에 있다. 일본 문학을 번역할 때 적당한 우리말이 없어 '것'을 많이 썼다. 애매하면 '것'을 썼다. 일제 강점기 때 '변사'라는 직업이 있었다. 물론 일본에서 넘어온 직업이다. 변사가 가장 많이 사용한 단어가 바로 '것이었던 것이었다'였다. 문학이든 예술이든 '것'을 쓰면 있어 보이던 시절이었다. 자연스럽게 글로 옮겼다. 이 군더더기는 우리글에 가장 치명적인 가시로 남았다. '것'은 있어 보이지도 않고, 고급 언어는 더더욱 아니다. 문장을 망치는 군더더기일 뿐이다. 골리앗의 힘을 빼앗는 돌멩이일 뿐이다. 눈에 띄는 족족 제거해야 한다. 어떻게 고쳐야 좋을까? 문장은 힘이 있어야 한다. '의견'을 말하지 말고 '주장'하라. 당당하게 표현하라. '책을 많이 읽는 것이다'가 아니라 다음과 같이 고쳐라.

책을 많이 읽어라.

문장을 바꾸니 글쓴이의 핵심 주장이 강하게 드러났다. 이렇게 함으로써 이후 글을 읽는데 뚜렷한 방향이 생겼다. 이제부터 독자는 흔들리지 않고 글을 음미한다.

그러나 말로 하는 것은 쉽지만, 행동하는 것은 어렵다.

군더더기가 이만저만이 아니다. 이 문장에서 '것'은 아무 역할도 하지 못한다. '것'을 써야 할 이유가 없다. 그런데도 두 번이나 썼다. 이 문장은 글쓴이의 불안함이 엿보인다. 글이 약해 보일까 싶어 '것'을 썼지만, 오히려 더 약해졌다. 당장 빼버리자.

그러나 말하기는 쉽지만, 행동하기는 어렵다.

얼마나 깔끔한가? 문장도 물 흐르듯 부드러워졌다. 그래서 더 강하다. 부드러움은 강함을 이긴다. 명심해야 한다. 다음으로 넘어가자.

나의 어릴 적 꿈은 소설가였다.

일본어의 그릇된 영향은 또 있다. 바로 '의'다. '의'라는 단어 역시 우리글에는 잘 쓰지 않았다. 일제 강점기 때 들어와 뿌리를 내렸다. '것'과 마찬가지로 말할 때보다 글 쓸 때 주로 쓴다. '의'는 어색한 문장을 만드는 일등공신이다. 어수룩해 보이고 싶다면 '의'를 써라. '의'는 쓸데없는 단어다. '의'를 빼도 문장에 지장을 주지 않을 때가 많다. 그렇다면 굳이 '의'를 쓸 필요가 없다. 어수룩한 사람만이 그렇게 한다. 문장을 어색하게 하는 가시 가운데 가장 큰 가시다. 가차 없이 빼내자.

내 어릴 적 꿈은 소설가였다.

초보자들은 '나의'라는 표현을 많이 쓴다. 오늘부터 '나의'를

'내'로 고쳐라. 훨씬 더 세련된 문장으로 바뀐다. 다음 문장을 보자.

그 꿈은 다소 막연한 것이었지만, 책만큼은 지속적으로 읽어 왔다.

지금까지 일본과 미국 대표를 만나봤다. 우리글을 어지럽히는 중국 대표도 만나보자. 바로 '적'이다. 한자어는 일본어와 영어보다 더 오래 우리 삶을 지배해 왔다. 품위를 중요하게 여기는 조선 시대 양반이라면 한자 공부는 필수였다. 불편해도 체통을 지키려고 감수하는 문화가 조선 시대 양반문화였다. 때로는 품위를 넘어 꼴불견일 때도 있지만, 모두가 그렇게 행동하니 옳지 않다고 주장하기 어려운 시대였다. 시간이 흘러 양반들은 사라졌지만, 그 문화는 곳곳에 남았다. 더구나 한자어는 대부분 살아남았다. 그 가운데 '~적'은 체통과 품위를 지키려고 노력하던 양반의 모습을 연상케 한다. 문장을 쓸데없이 딱딱하게 하고 형식에 얽매이게 하는 '적'이라는 가시를 빼내자. 앞으로는 '단적으로', '장기적으로', '내부적으로', '즉각적으로' 등의 표현은 쓰지 말자. 예문을 고쳐보자. 그전에 반드시 스스로 고쳐보라.

그 꿈은 막연했지만, 책만큼은 계속 읽었다.

'것이었지만'과 '지속적으로' 모두 고쳤기를 바란다. 부사 '다소'도 뺏을 거로 믿는다. 이 문장은 윗글에서 가장 불편하다. 군더더기와 불필요한 체통으로 문장을 망쳤다. 고친 문장과 비교하면 얼마나 나쁜 문장이었는지 드러난다. 글은 담백하고 물 흐르듯 이어져야 한다. 다음 문장으로 넘어가자.

> 책만 읽는 것보다 여러 명의 사람과의 모임을 갖고 토론을 하는 독서 모임도 많은 도움이 될 것이다.

문장도 길고 어수선하다. 곳곳에 가시가 박혀있다. 하나하나 빼보자. 먼저 '책만 읽는 것보다'에서 '것'을 빼자. 쓸데없는 군더더기다. 어떻게 바꿀까? '책만 읽기보다는'으로 고치자. 다음 가시는 무얼까? '여러 명의 사람과의 모임을 갖고 토론을 하는'이다. 가시가 한두 개가 아니다. 깔끔하게 고치려면 앞에서 배운 지식을 활용해야 한다. 고쳐보자. 먼저 없어도 되는 '의'가 반복해서 등장한다. 어색하고 바보스럽다. 언덕을 오르듯 숨이 차다. 모두 빼버리자. 다음은 중복 표현이다. '여러 명의 사람'에서 '명'과 '사람'은 같이 쓸 필요가 없다. '여러 사람'으로 바꿔야 한다. 다음은 '~갖다' 표현이다. 앞서 말했듯이 번역 투 표현인 '갖다'의 문제는 문맥에 맞지 않는다는 데 있다. 여기서도 마찬가지다. 모임은 물건처럼 갖는 것이 아니라 열거나 하는 것이다. 따라서 알맞게 고쳐야 한다. 뒤에 '모임'이라는 단어가 또 나오므로 다른 표현으로 바꿔주자. 마지막으로 조사 '을'의 부적절한 사용이다. '모임을 갖고 토론을 하는'

에서 반복하여 사용했다. 더구나 '토론을 하는'에서 '을'은 저잣거리의 턱시도처럼 어울리지 않는다. 오히려 없어야 문장의 품위가 산다. 종합해서 고쳐보자.

> 책만 읽기보다는 여러 사람과 만나서 토론하는 독서 모임도 많은 도움이 된다.

어떤가? 반복이나 중복 표현을 모두 걸러내니 문장이 짧고 담백해졌다. 숨도 차지 않고 술술 넘어간다. 쓸데없이 숨어 있는 가시들을 모조리 뽑아내니 답답했던 문장이 시원하게 살아났다. 계속 연습하다 보면 숨은 가시나 쓸데없는 표현을 금방 골라낸다. 초고부터 잡아내기 시작한다. 그때가 되면 순풍을 만난 돛단배처럼 문장력이 눈에 띄게 좋아진다. 그날을 앞당기려면 꾸준히 쓰고 고쳐야 한다.

> 대부분의 사람은 책을 읽을 시간이 없다고 한다.

'의'를 쓸 때 많이 틀리는 사례가 바로 '대부분의 사람' 표현이다. '의'에 너무 의존해서 생긴 버릇이다. 바로잡아야 한다. 앞으로는 '대부분 사람은'으로 쓰기 바란다. 또 어색한 표현이 있다. 찾았을 거로 믿는다. 바로 '책을'이다. 앞에서 여러 번 다루었으니 여기서는 굳이 설명하지 않겠다. 고쳐보자.

대부분 사람은 책 읽을 시간이 없다고 한다.

꼴딱 고개처럼 힘겹게 넘던 고갯길이 평평해졌다. 다음으로 넘어가자.

이렇게 말하는 사람은 공통적으로 책보다 스마트폰을 보거나 잠을 자면서 시간을 보낸다.

또다시 '~적' 표현이 등장했다. 가시를 뺄 때 가시만 골라내야 할 때도 있지만, 몸통 전체를 골라내도 상관없다면 그렇게 하는 게 좋다. 위 문장은 '공통적으로'가 없어도 문장에 지장을 주지 않는다. 또 고쳐야 할 곳이 있다. 어디인가? 그렇다 '잠을 자면서'다. 여기서 '을'은 빼야 한다. 고쳐보자.

이렇게 말하는 사람은 책보다 스마트폰을 보거나 잠자면서 시간을 보낸다.

'공통적으로'를 빼니 군살이 빠져 더 좋은 문장으로 변했다. 담백한 문장은 짧은 문장이다. 문장의 대가들은 한목소리로 말한다. '좋은 문장은 짧아야 한다'고 말이다.

무조건 책을 읽으라는 것이 아니다.

'것'은 천덕꾸러기 마냥 만만하다. 그래서 초보 작가든 노련한 작가든 마구 가져다 쓴다. 나 역시 마찬가지다. 이 책에도 무수히 많은 곳에 '것'이 쓰였다. 그만큼 '것'에서 벗어나기란 어렵다. 모든 '것'을 빼기 어렵다. 그리고 문맥에 적절하게 쓰인 '것'까지 뺄 필요는 없다. 하지만 '것'을 대체할 다양한 단어를 쓰려고 노력해야 한다. 풍부한 단어 사용은 언제나 환영할 일이다. '것'으로 때우기 시작하면 글의 다양성이 죽는다. '것'을 자제해야 하는 또 다른 이유다. 여기서 '것'은 어떻게 바꿔야 좋을까? 고민해 보기 바란다. 다음으로 '책을'도 생각해보자. 여기서는 '책만'이 더 어울린다.

무조건 책만 읽으라는 말이 아니다.

여기서는 '말'로 바꾸면 무난하다. '것'을 '말' 또는 '일' 아니면 '점', '사실'과 같이 다양한 단어로 바꾸는 연습을 해야 한다. 그렇게 하면 글이 더 풍성해진다.

쉬는 시간만이라도 책을 읽자는 것이다.

한 번 '것'을 쓰기 시작하면 계속 쓰게 된다. 위 예문에서 '것'만 골라내보라. 내 말이 틀리지 않았음을 알게 되리라. 이 문장에서 '것이다'는 어떻게 바꿔야 좋을까? 눈치를 살피지 말고 주장해야 한다.

> 쉬는 시간만이라도 책을 읽어야 한다.

강한 어조로 표현하기 바란다. 글쓴이의 단호한 주장은 옳고 그름을 떠나 전달력을 높인다. 글의 본질을 이해하면 좋은 글이 나온다. 마지막 문장으로 넘어가자.

> 짧은 시간에 고칠 수는 없지만 노력해야 한다.

'수'를 많이 쓰면 '것'처럼 계속 쓰게 된다. '수'는 굳이 없어도 된다면 빼는 편이 가장 좋다. 그렇게 하기 어렵다면 '것'처럼 다양하게 고치는 연습을 해야 한다. 보통 '수'는 '~기'나 '~지' 정도로 고치면 좋다. 위 문장을 고쳐보자.

> 짧은 시간에 고치기 어렵지만 노력해야 한다.

간결하면서 문장에 힘이 실린다. '수'는 '것'과 마찬가지로 문장을 약하게 하는 원인이다. 골리앗을 무릎 꿇게 한 다윗의 돌멩이다. 쓰지 않도록 노력해야 한다. 이제 종합해서 정리하자.

> 공부를 잘하는 방법이 있다. 책을 많이 읽어라. 그러나 말하기는 쉽지만, 행동하기는 어렵다. 내 어릴 적 꿈은 소설가였다. 그 꿈은 막연했지만, 책만큼은 계속 읽었다. 책만 읽기보다는 여러 사람과 만나서 토론하는 독서 모임도 많은 도움이 된다. 대부분 사람은

책 읽을 시간이 없다고 한다. 이렇게 말하는 사람은 책보다 스마트폰을 보거나 잠자면서 시간을 보낸다. 무조건 책만 읽으라는 말이 아니다. 쉬는 시간만이라도 책을 읽어야 한다. 짧은 시간에 고치기 어렵지만 노력해야 한다.

가시 같았던 '수', '것', '의', '적'을 빼니 문장이 얼마나 간결해졌는지 보라. 얼마나 주장에 힘이 들어갔는지 보라. 특히 '것'을 주의해서 써야 한다. 공들여 쓴 글을 망치는 주범 가운데 주범이다. '굴러온 돌이 박힌 돌 뺀다'는 말처럼 오랫동안 우리 글은 굴러온 돌들의 놀이터였다. 이제 굴러온 돌을 다시 뺄 차례다. 글은 빼면 뺄수록 좋아진다. 원래 우리 문화가 아니었다면 더더욱 그렇다. 처음 시작할 때 밑줄을 그어보라고 말했다. 얼마나 잘 그었는지 스스로 점수를 매겨보기 바란다. 자기 수준을 가늠하면 얼마나 노력해야 하는지 답이 나온다. 연습만이 살길이다.

그래서 결론이 뭔데?

'쉽고, 짧게' 좋은 글의 조건이다. 내 주장이 아니다. 국어국문학을 전공한 학자나 베스트셀러를 밥 먹듯 써내는 작가를 비롯해 글쓰기를 가르치는 모든 사람의 한결같은 주장이다. 작가이자 글쓰기 컨설턴트였던 루돌프 플레시는 이렇게 말했다.

'할 말을 다했으면 끝내라'

'사공이 많으면 배가 산으로 간다'는 말이 있다. 목표를 잃고 엉뚱한 곳으로 간다는 의미다. 배는 바다로 가야지 산으로 가서는 안 된다. 여기서 사공을 말에 비유해보자. 말이 많은 사람 치고 딱 부러지는 사람은 별로 없다. 이런 사람은 "그래서 결론이 뭔데?"라는 질문을 받곤 한다.

말을 많이 하다 보면 자신조차 무슨 말을 하려고 했는지 모를 때가 있다. 핵심이 사라지다 보니 전달력이 떨어진다. 말 많은 사공들처럼 방향을 잃고 이리저리 헤맨다. 글쓰기에서 전달력은 생명이다. 논리적인 글이나 설명문, 실용적 글쓰기는 더 말할 것도 없다. 글 쓰는 사람의 생각이 복잡하면 그 피해는 고스란히 독자에게 간다. 말이 많으면 전달력이 떨어진다. 목표를 잃는다. 독자를 잡아두고 싶다면 짧게 써야 한다. 시간은 누구에게나 소중하다. 독자의 귀중한 시간을 훔치지 마라.

나는 앞에서 간간이 담백한 문장에 대해 말했다. 꾸며주는 말의 사용과 미사여구 사용을 자제해야 한다고 강조했다. 그러면서 군더더기 없는 작품으로 노벨문학상을 받은 헤밍웨이의 〈노인과 바다〉를 예로 들기도 했다. 실용적인 글을 넘어 문학작품도 간결하게 써야 하는 시대다. 문학적 세부 묘사는 꼭 필요하지 않다면 줄이거나 생략해야 한다. 김영하, 정유정, 스티븐 킹, 댄 브라운은 모두 간결하고 짧은 문장으로 독자를 요리했다. 당신도 그렇게 하기 바란다.

글을 간결하게 쓰는 방법은 많다. 형용사, 부사 등 꾸밈말을 줄이거나. 불필요한 중복 표현이나 반복 표현을 골라내는 것 역시 문장을 간결하게 하는 방법이다. 또 어떤 방법이 있을까? 학창 시절 가장 힘들었던 시간을 떠올려보기 바란다. 사람마다 차이는 있겠지만, 이 시간만큼은 모두 동의하리라 생각한다. 바로 월요일마다 했던 애국조회시간이다. 끝날 듯하면서 이어지는 교장 선생님의 훈화는 아이들을 힘들게 했다. 내가 다녔던 초등학교 교장 선생님은 질질 끄는 훈화로 정평이 나 있었다. ~하니까, ~해서, ~ 때문에, ~면서, ~지만, ~고, 아울러, 그리하여, 에 또 등을 무기로 끊임없이 말을 이어

갔다. 말이 끊어지면 큰일 날 것처럼 말이다. 그래서 그런지 기억나는 훈화가 하나도 없다. 이제부터 어떤 문장이 글을 지루하게 하는지 알아보자.

> 미세먼지 때문에 모두들 힘든 요즘입니다. 그래서 외출을 자제하고 주로 집에서 생활하고 있습니다. 그래도 가만히 있으면 건강에 좋지 않기 때문에 운동을 하는 것이 좋습니다. 그러나 가지고 있는 운동기구가 없어서 할 수 있는 운동이 고작 윗몸 일으키기 정도입니다. 그래도 윗몸일으키기라도 열심히 하려고 합니다. 그리고 가끔은 환기도 시켜야 합니다. 그래서 미세먼지가 거의 없는 날 반드시 환기를 시켜줍니다. 맑은 공기를 마시면 기분이 좋아집니다. 그런데 어제는 날씨도 좋았는데 깜빡하고 환기를 시키지 못했습니다. 그래도 오랜만에 외출을 하고 왔더니 기분은 상쾌해졌습니다.

문장이 짧은 것과 간결한 것은 다르다. 예문을 보면 문장은 짧지만, 전달력이 떨어진다. 문장이 어지럽다. 초등학생이 쓴 일기 같다. 왜 그럴까? 접속어의 무분별한 사용 때문이다. 이 글은 접속어를 요술 지팡이처럼 사용한 글이다. 글쓴이의 불안함이 문장에 고스란히 드러난다. 마침표를 찍었음에도 불안하다. 강강술래처럼 문장이 줄줄이 이어져 있다. 무엇이 불안한가. 접속어가 없어도 이해하는 데 지장이 없다면 과감하게 빼야 한다. 접속어가 꼭 들어가야 한다면 접속어가 필요 없는 문장으로 바꾸는 연습을 해야 한다. 접속사는 문장과 문장을 이어주는 품사로 중요한 역할을 하지만 최소한으로 써야 효과가 있다. 어떤 품사든 많이 쓰면 값어치가 떨어진다. 접속사는 더 그러하다. 위 예문을 어른스럽고, 간결하며, 자신 있게 고쳐보자.

> 미세먼지 때문에 모두들 힘든 요즘입니다. 그래서 외출을 자제하고 주로 집에서 생활하고 있습니다.

어떻게 고쳐야 할까? 먼저 필요 없는 단어가 있는지 없는지부터 확인하자. 문장을 간결하게 하는 첫걸음은 쓸데없는 단어 골라내기다. 없어도 의미 전달에 이상이 없다면 빼야 한다. 첫 문장에서 '모두들'은 없어도 큰 무리가 없다. 빼야 한다. 두 번째 문장을 접속어 '그래서'로 시작했다. 과연 필요할까? 전혀 필요 없다. 불안한가? 걱정하지 마라. 독자는 '그래서'가 없어도 왜 집에서 생활하는지 문맥으로 이해한다. 또 하나 놓쳐서는 안 되는 표현이 있다. 앞에서 배웠듯이 '미세먼지 때문에'에서 '때문에'도 되도록 바꿔야 한다. 종합해서 고쳐보자.

> 미세먼지로 힘든 요즘입니다. 외출을 자제하고 주로 집에서 생활합니다.

진정한 의미의 간결성을 찾았다. 참고로 '~고 있다' 역시 좋은 표현이 아니다. 가능한 다른 표현으로 바꾸자. 이 부분은 뒤에서 따로 알아볼 예정이다.

그래도 가만히 있으면 건강에 좋지 않기 때문에 운동을 하는 것이 좋습니다.

'그래도'가 붙었다. 군더더기다. '것' 표현이 있어 힘까지 잃은 문장이다. 게다가 '~ 때문에'까지 등장했다. 이게 다가 아니다. '운동을 하는'에서 '을'은 어떤가? 있어야 할까? 굳이 필요 없다. 빼도록 하자. 이렇게 문장 하나에서 다양한 허점을 찾아내야 한다. 꾸준히 연습하면 자연스럽게 눈에 들어온다. 〈문장 고치기 편〉 마지막에 문장 고치기 연습문제를 수록해 두었다. 참고하기 바란다. 추가로 주의해야 할 표현 하나를 살펴보자. '가만히 있으면'이다. 부사 '가만히'와 동사 '있다'가 붙은 문장이다. 쓸데없이 하나를 둘로 갈랐다. 그냥 '가만있다'로 고치자. 종합해서 고쳐 보자.

가만있으면 건강에 좋지 않으니 운동해야 합니다.

군더더기를 빼니 문장의 맛이 산다. 자신감도 함께 살아났다. 한마디로 강하고 간결해졌다. 다음으로 넘어가자.

그러나 가지고 있는 운동기구가 없어서 할 수 있는 운동이 고작 윗몸 일으키기 정도입니다. 그래도 윗몸일으키기라도 열심히 하려고 합니다.

여기서 '그러나'는 빼야 할까? 되도록 빼야 한다. '그러나'를 빼고 문맥에 맞게 고쳐야 한다. 뒤이어 등장하는 '그래도' 역시 군더더기다. 둘 다 빼서 한 문장으로 담백하게 바꿔보자. 주의할 점이 하나 더 있다. 나는 앞에서 영어의 영향으로 언제 어디서나 흔하게 쓰는 가시 같은 녀석 가운데 하나로 '수'를 이야기했다. 이 문장 역시 가시처럼 박혀 문장의 힘을 꺾는다. 빼버리자. '~고 있다' 표현 역시 거슬린다. 빼도 무리가 없다. 고쳐보자.

운동기구가 없어서 윗몸일으키기 정도만이라도 열심히 하려고 합니다.

접속사를 빼고 필요 없는 군더더기 표현을 제거하니 담백하고 간결해졌다. 그럴듯한 문장을 쓰려면 문장을 압축하는 습관을 길러야 한다.

그리고 가끔은 환기도 시켜야 합니다. 그래서 미세먼지가 거의 없는 날 반드시 환기를 시켜줍니다.

'그리고'가 필요 없음에도 썼다. 빼도 글 흐름에 지장이 없다. 당연히 빼야 한다. 다음에 나오는 '그래서' 역시 마찬가지다. 접속어가 많은 문장은 글을 어수룩하게 하는 주범이다. 불안해하지 말고 당당하게 글을 써야 한다. 빼고 고치자. 한 가지 더 짚고 넘어가야겠다. '환기를 시키다' 표현을 보기 바란다. 여기서 나온 '~시키다' 역시 번역 투 표현이다. 여기서 행위자는 '나'다. 이 문장은 행위자인 내가 나에게 시켰다는 우스운 표현이다. 따라서 '환기를 했다'로 바꿔야 한다. 우리가 흔히 쓰는 '주차 시키고 왔다' 표현도 마찬가지다. 내가 직접 주차했다면 '주차하고 왔다'가 맞다. 다음으로 넘어가자. 꾸밈말 하나가 쓸데없다. '거의'는 없어도 아무 문제 없다. 오히려 문장을 약하게 한다. 부사 '거의'를 쓰면 어떤 문장이든 힘이 빠진다. 이 문장뿐 아니라 어떤 문장이든 쓰지 않는 편이 좋다. '환기를 시켜줍니다'는 어떤가? 여기서 '를'은 없어도 문제없다. 빼도록 하자. 이제 알맞게 고쳐보자.

> 가끔은 환기도 해야 합니다. 미세먼지가 없는 날 반드시 환기해 줍니다.

뺄 것은 빼야 한다. 군더더기 없는 문장은 언제 봐도 생기가 돈다.

> 맑은 공기를 마시면 기분이 좋아집니다. 그런데 어제는 날씨도 좋았는데 깜빡하고 환기를 시키지 못했습니다. 그래도 오랜만에 외

출을 하고 왔더니 기분은 상쾌해졌습니다.

마지막 문장이다. 하나하나 뜯어보자. 먼저 '좋아집니다'가 눈에 거슬린다. 앞서 배웠듯이 '~진다'는 수동의 의미로 힘을 빼는 표현이다. 글 쓸 때는 되도록 능동형으로 써야 한다. '좋아진다'를 '좋다'로 딱 부러지게 고치자. 다음에 나오는 '그런데' 역시 빼도 상관없으니 빼야 한다. 이어서 '~시키다' 표현이 다시 등장했다. '하다'로 바꾸자.

'그래도'는 어떨까? 역시 빼도 된다. 군더더기다. 눈에 띄는 어색함이 또 있다. '외출을 하고 왔더니'를 보라. 어떤가? 여기서도 조사 '을'은 없어도 된다. 더 이상의 설명은 생략한다. 마지막으로 '상쾌해졌습니다'를 보자. '~ 진다' 표현이다. 능동형으로 '했다'로 바꿔야 힘이 생긴다. 이제 고쳐보자.

맑은 공기를 마시면 기분이 좋습니다. 어제는 날씨도 좋았는데 깜빡하고 환기를 하지 못했습니다. 오랜만에 외출하고 왔더니 기분은 상쾌했습니다.

불안했던 문장이 훨씬 편안해졌다. 이제 종합해서 수정해보자.

미세먼지로 힘든 요즘입니다. 외출을 자제하고 주로 집에서 생활합니다. 가만있으면 건강에 좋지 않으니 운동해야 합니다. 운동기구가 없어서 윗몸일으키기 정도만이라도 열심히 하려고 합니다. 가끔은 환기도 해야 합니다. 미세먼지가 없는 날 반드시 환기해 줍니다. 맑은 공기를 마시면 기분이 좋습니다. 어제는 날씨도 좋았는데 깜빡하고 환기를 하지 못했습니다. 오랜만에 외출하고 왔더니 기분은 상쾌했습니다.

접속사를 가능한 한 줄여야 한다. 문장 사이를 끊지 못하는 이유는 자신이 없어서다. 자신 없는 사람이 쓴 글은 설득력과 가독성 모두 떨어진다. 접속사가 없어도 의미 전달에 아무 문제가 없다면 쓰지 않아야 한다. 마침표를 찍었다고 해서 담백하거나 간결한 문장이 아니라는 점을 명심해야 한다. 자신이 쓴 글을 보며 접속사를 모두 골라내 보자. 문맥에 이상이 없다면 골라낸 접속사를 쓰레기통에 버려라.

예문 하나를 더 추가했다. 왜 간결한 문장이 좋은지 느껴보기 바란다.

초등학교 때 학교에서 가족에 관한 글을 써오라는 숙제가 있었는데, 지금 생각하면 스스로 차근차근 생각해서 숙제를 했으면 좋았을 것을, 글 쓰는 것에 대해 두려움이 많아 친구에게 부탁해서 숙제를 해 간 기억이 떠오른다. 부모님이 모두 일을 하시고, 형제도 없었기 때문에 많은 시간을 혼자 보내면서 사람들과의 소통이야말로 중요하다는 것을 느끼게 되었다.

글쓰기 강의 때 수강생이 쓴 자전적 이야기와 블로그에 올라온 글 가운데 많이 쓰는 표현을 짜깁기했다. 어떤 느낌이 드는지, 생각해보고 직접 단문으로 수정해 보기 바란다. 시간을 주겠다. 다 했는가? 이제 시작해보자. 초보일수록 글을 길게 쓴다. 어디서 브레이크를 밟아야 하는지 잘 모른다. 마냥 앞으로만 간다. 장문은 안 그래도 어색한 문장을 더 어색하게 한다. 그래서 글을 짧게 쓰는 훈련을 해야 한다. 길게 쓰기는 그 뒤에 해도 늦지 않다. 처음부터 장문을 쓰기 시작하면 단문은 쓰기 어렵다. 단문으로 글 쓰는 연습을 하기 바란다. 장문은 어느 정도 실력이 쌓였을 때 써라. 다만, 추천하지 않는다. 글을 아무리 잘 써도 장문은 전달력을 떨어뜨린다. 한두 군데 구멍이 생기기 마련이다. 문학이든 실용문이든 마찬가지다.

> 초등학교 때 학교에서 가족에 관한 글을 써오라는 숙제가 있었는데, 지금 생각하면 스스로 차근차근 생각해서 숙제를 했으면 좋았을 것을, 글 쓰는 것에 대해 두려움이 많아 친구에게 부탁해서 숙제를 해 간 기억이 떠오른다.

아주 긴 문장이다. 글 쓰는 데 익숙하지 않은 사람의 글임이 고스란히 드러난다. 초고를 길게 쓰는 일은 흔하다. 나 역시 초고를 쓸 때 문장을 끊지 않고 생각나는 대로 주저 없이 쓴다. 생각이 막히면 좋은 글을 못 쓴다. 따라서 처음에는 자유롭게 쓴다. 하지만 다 쓴 후 반드시 수정 작업을 거쳐야 한다.

긴 문장은 짧게 끊어줘야 한다.

위 문장은 몇 문장으로 나누면 좋을까? 이 문장은 어디서 끊어야 하는지 잘 보인다. 세 문장으로 나누어 고쳐 보자. 먼저 '숙제가 있었는데' 까지다. 마찬가지로 단문으로만 고치지 말고 문장을 두루 살피자. 단순하게 '초등학교 때 학교에서 가족에 관한 글을 써오라는 숙제가 있었다'로 끝내지 말고 좀 더 능동형으로 바꿔보자. 숙제를 학교에서 내주었으니 학교가 주체가 되어야 한다. 이렇게 말이다.

> 초등학교 때 학교에서 가족에 관한 글을 써오라고 숙제를 내줬다.

단문으로 깔끔하게 마침표를 찍으니 산뜻해졌다. 능동형으로 바꾸니 의미 전달도 좋아졌다. 그러다 보니 글이 생생하다. 질질 끄는 문장은 읽는 사람도 힘들고 쓰는 사람도 힘들다. 생각이 꼬리에 꼬리를 물고 이어져야 하니 얼마나 힘들겠는가? 일단 끊고 생각하자. 어렵게 쓸 이유가 없다. 다음은 나머지 문장이다.

> 지금 생각하면 스스로 차근차근 생각해서 숙제를 했으면 좋았을 것을, 글 쓰는 것에 대해 두려움이 많아 친구에게 부탁해서 숙제를 해 간 기억이 떠오른다.

단문으로 바꿀 때 무조건 '~다'만 붙여서는 안 된다. 하나의 완성형 문장으로 바꿔야 한다. 따라서 문맥에 맞게 문장 구조나 순서 역시 바꿔야 함은 기본이다. 이 문장은 앞에 나온 부연 설명과 뒤에 나온 핵심 설명을 서로 바꿔야 이해하기 쉽다. 필요 없는 군더더기 역시 빼야 한다. 이 글에서는 '숙제'를 불필요하게 많이 썼다. '숙제'는 첫 문장 한 번이면 충분하다. 굳이 쓰지 않아도 글을 이해하는 데 어려움이 없다. '기억이 떠오른다' 역시 군더더기다. 이미 첫 문장에서 '초등학교' 시절임을 밝혔으므로 빼도 문제없다. '것'은 되도록 빼야 하고 '지금 생각하면' 역시 군더더기다. 없어도 의미 전달에 아무 문제가 없다. 모든 사항을 고려하여 두 문장으로 짧게 고쳐보자.

> 글쓰기에 대한 두려움이 많아 친구에게 부탁했다.
>
> 혼자 차근차근 써볼 걸 하는 아쉬움이 남는다.

산뜻하다. 단문으로 고치니 전달력이 오히려 살아났다. 가독성도 좋아지니 금상첨화다. 다음 문장으로 넘어가자.

> 부모님이 모두 일을 하시고, 형제도 없었기 때문에 많은 시간을 혼자 보내면서 사람들과의 소통이야말로 중요하다는 것을 느끼게 되었다.

문장이 길어 가독성이 떨어진다. 할 말만 하면 알아듣기 쉽다. 단문으로 고쳐보자. 언제나 그렇듯 군더더기 표현이나 단어부터 확인하자. 먼저 '일을 하시고'가 눈에 띈다. 여기서 '을'은 없어도 문제없다. 다음은 '없었기 때문에'다. '~ 때문에' 표현을 고쳐야 한다. 앞에서 여러 번 이야기했으니 다음으로 넘어가겠다. '사람들과의'에서 '~과의'는 일본식 표현이다. 쓰지 말아야 하는 군더더기다. '~들'도 빼야 한다. 복수를 중복해서 쓰는 것도 문제지만, 앞뒤 문맥으로 보아 복수임이 분명하다면 '들'을 쓰지 말아야 한다. 많은 사람이 글 쓸 때 '들'을 즐겨 쓴다. 고쳐야 할 버릇 가운데 하나다. 뒤에서 다시 알아볼 예정이다.

다음 문장을 보자. '사람들과의 소통이' 정도로 충분한데 굳이 '사람들과의 소통이야말로'라고 길게 쓸 필요가 없다. 짧아야 좋다는 생각으로 글을 쓰자. 마지막으로 '중요하다는 것을 느끼게 되었다' 표현이다. 먼저 '것'이 거슬린다. '것'이 없어도 문제가 없다면 빼야 한다. 아니면 표현을 살짝 바꿔도 좋다. '느끼게 되었다' 역시 좋지 않다. '~게 되다' 표현은 수동형이므로 능동형으로 바꿔야 한다. 모두 고려해서 고쳐보자.

> 부모님은 모두 일하셨다.
>
> 형제가 없어 많은 시간을 혼자 보냈다.
>
> 사람 사이의 소통이 중요하다고 느꼈다.

이 정도면 깔끔하다. 종합해서 정리해보자.

초등학교 때 학교에서 가족에 관한 글을 써오라고 숙제를 내줬다. 글쓰기에 대한 두려움이 많아 친구에게 부탁했다. 혼자 차근차근 써볼 걸 하는 아쉬움이 남는다. 부모님은 모두 일하셨다. 형제가 없어 많은 시간을 혼자 보냈다. 사람 사이의 소통이 중요하다고 느꼈다.

미로 속에서 헤매다 탈출한 기분이다. A에서 B로 가려면 가장 빠른 길을 택해야 한다. 빙빙 둘러 가면 시간도 비용도 많이 든다. 얻는 것 없이 잃기만 하는 길을 가서는 안 된다. 좋은 글은 명확하고, 부담 없으며, 담백한 글이다. 초등학생이 쓴 글도, 노벨문학상을 받은 작가의 글도 예외는 없다. 당신의 글을 보며 "그래서 결론이 뭔데?"라고 묻는 사람이 없기를 바란다.

꼭 있어야 할까?

쓸데없이 자주 쓰는 말이 있다. 말과 글에서 모두 말이다. 이 표현은 '것'과 '수'만큼이나 많이 등장한다. 독재자처럼 군림하면서 표현의 다양성을 갉아먹는다. 병풍처럼 있는 듯 없는 듯 교묘하게 숨어 있다. 좀처럼 눈에 띄지 않아 그냥 넘어가기 일쑤다. 문장이 이유 없이 어색하다면 이 녀석 때문일 확률이 높다. 안 좋은 문장은 어떤 문장인가? 긴 문장, 단조로운 문장, 불명확한 문장, 불편한 문장, 어수룩한 문장이다. 놀랍게도 이 녀석은 여기에 모두 관여한다. 문장을 망치는 원인을 딱 두 개만 골라야 한다면 '것'과 함께 이 녀석을 골라야 한다. 그만큼 쓸데없이 많이 등장한다.

반갑지 않은데 자꾸 나타나는 친구가 있다. 그와 함께하는 자리는 불편하고, 다툼이 생긴다. 그렇다고 관계를 끊기도 어렵다. 오래 함께했고 가끔은 쓸 만한 구석도 있다. 어떻게 해야 할까? 만나는 횟수를 줄여라. 꼭 만나야 할 때 만나라. 약방의 감초처럼 필요할 때, 그의 역할이 적절한 효과를 발휘할 때 만나라. 그러면 둘 다 좋다.

있어도 그만 없어도 그만인 친구도 있다. 게다가 이 친구는 계산할 때 돈을 내는 법이 없다. 언제나 그렇다. 냉정하게 들릴지 모르지만 모임에서 빼야 한다. 존재 의미가 없다면 굳이 함께할 필요가 없다.

마약 중독, 도박 중독은 빠져나오기 어렵다는 점에서 심각하다. 알면서도 빠져나오지 못한다. 전문가의 도움을 받아야 한다. 글쓰기 역시 마찬가지다. 나쁜 버릇은 쉽게 고치기 어렵다. 알면서도 자꾸 한다. 이럴 때 도움을 받아야 한다. 누구에게 도움을 받아야 할까? 바로 자기 자신이다. 마약이나 도박 중독과 다른 점이다.

글을 다 쓴 후 반드시 다시 읽어야 한다. 자기 마음대로 돌아다니는 이 녀석을 골라내야 한다. 골라내다 보면 어느새 이 녀석과 작별하는 날이 온다. 그날을 앞당기려고 노력하라. 나쁜 버릇은 빨리 버리고 좋은 습관은 빨리 배워야 한다. 이제부터 이 녀석의 정체를 밝혀보자.

> 물리학과 학생이 상대성 이론에 관해 설명하고 있다. 다른 학생은 조용히 자리에 앉아 듣고 있다. 교수님은 수업을 촬영하고 있다. 아직은 설명을 잘하고 있다. 그런데 목소리가 점점 작아지고 있다. 잘못하면 실수할 수도 있다. 불안했지만 무사히 끝났다. 자리로 돌아온 학생은 숨을 크게 들이마시며 쉬고 있다.

글쓰기 수업 중에 한 분이 쓴 글이다. 반복해서 등장하는 표현이 눈에 거슬린다. 심각한 중독이다. 중독이 무서운 이유는 한 번 쓰면 계속 쓰려고 해서다. 실제로 쓴 글은 약간 더 긴 문장이다. 두드러지게 보이도록 짧게 편집했다. 글쓴이는 의식하지 못한 듯 이후로도 계속 같은 표현을 썼다. 이 글만 문제가 아니다. 많은 사람이 '있다' 표현을 막무가내로 쓴다. '있다'는 써야 할 때만 써야 한다. 자주 만나면 괴롭고 난처하다. 이 글은 모든 표현을 '있다'로 마무리했다. 다양성이 없다는 점에서도 아쉬운 글이다. 문장도 길어졌다. 초보자의 불안함이 엿보인다. 질질 끄는 버릇을 없애야 한다. 어떻게 고쳐야 좋을까?

물리학과 학생이 상대성 이론에 관해 설명하고 있다.

'있다'는 언제 쓸까? 존재를 나타낼 때와 상태를 나타낼 때 쓴다. 존재를 나타낼 때는 아무 문제 없지만, 상태를 나타낼 때는 조심해야 한다. 글이 단조로워지고 어색해진다. 그렇다면 위 문장에서 '있다'는 어떤 역할을 할까? 상태를 나타낸다. 학생이 지금 무엇을 하는지 나타낸다. '있다' 말고 다른 표현은 없을까? '있다'를 쓰지 말고 마무리해보자. 어떤 표현으로 바꿔야 할까? 먼저 고민하고 고친 글을 보자.

물리학과 학생이 상대성 이론에 관해 설명한다.

'설명하고 있다'를 '설명한다'로 고쳤다. 어떤가? 앞 문장이 정적이라면 고친 문장은 훨씬 동적이다. 움직임이 눈에 보인다. '있다'는 움직임을 멈춘다. 정지 화면을 보는 듯하다. 반면에 '설명한다'는 열심히 무언가를 하려는 학생의 모습을 떠오르게 한다. 좋은 글은 살아서 움직이는 글이다. 다음으로 넘어가자.

다른 학생은 조용히 자리에 앉아 듣고 있다.

이 문장도 마찬가지다. 직접 고쳐보자.

다른 학생은 조용히 자리에 앉아 듣는다.

훨씬 부드럽고 생생해졌다. 학생의 모습이 눈에 아른거린다. 다음에 나오는 문장들은 한꺼번에 고쳐보자. 어떻게 고칠지 먼저 고민해 보라.

교수님은 수업을 촬영하고 있다.
아직은 설명을 잘하고 있다.
목소리가 점점 작아지고 있다.
잘못하면 실수할 수도 있다.
학생은 숨을 크게 들이마시며 쉬고 있다.

'있다' 표현만 보지 말고 쓸데없는 표현은 없는지도 살펴야 한다. '아직은 설명을 잘하고 있다'에서 부사 '아직'을 꼭 써야 할까? 빼도 괜찮다. 차라리 그 자리에 생략된 주어인 '학생'을 넣어야 더 자연스럽다. 다음은 '실수할 수도' 표현이다. 앞에서 말한 대로 '수'는 문장을 약하게 하므로 고쳐야 한다. 어떻게 고칠까? '실수할지도'면 좋다.

> 교수님은 수업을 촬영한다.
>
> 학생은 설명을 잘한다.
>
> 목소리가 점점 작아진다.
>
> 잘못하면 실수할지도 모른다.
>
> 학생은 숨을 크게 들이마셨다.

종합하면 이렇다.

> 물리학과 학생이 상대성 이론에 관해 설명한다. 다른 학생은 조용히 자리에 앉아 듣는다. 교수님은 수업을 촬영한다. 학생은 설명을 잘한다. 그런데 목소리가 점점 작아진다. 잘못하면 실수할지도 모른다. 불안했지만 무사히 끝났다. 자리로 돌아온 학생은 숨을 크게 들이마셨다.

어떤가? 얼마나 다채로워졌는지 느껴보기 바란다. '~고 있다'가 '설명한다', '듣는다', '촬영한다', '잘한다', '작아진다', '모른다', '들이마셨다'로 다양하게 바뀌었다. '있다'는 이렇게 다양한 표현을 죽인다. 초보자는 불안해서 하나로 통일하고 싶어 하지만, 절대 그렇게 해서는 안 된다. 자신 있게 표현에 변화를 줘야 한다. 쓸데없는 '~고 있다'를 빼면 글도 짧아지고 표현도 산다. 마다할 이유가 없다. 또 다른 예문을 보자.

> 게임에 빠져 있는 아이들이 많다. 부모는 어떻게 하면 이런 습관을 고칠 수 있을까 고민한다. 가장 먼저 해야 할 것은 아이가 갖고 있는 장점을 살리는 것이다. 초등학생이라면 아직 큰 문제가 있지는 않다. 따라서 너무 걱정하지 않아도 된다. 초등학생일 경우 부모를 잘 따르고 있고 믿고 있기 때문에 조금만 신경 쓰면 된다. 게임을 적당히 즐길 수 있게 하려면 정해진 시간에만 게임을 하도록 가르쳐야 한다. 게임에 빠지지 않을 수 있도록 하는 또 다른 방법은 독서다. 아이가 좋아하는 분야의 책을 정해서 매일 꾸준히 읽도록 해야 한다. 이렇게 하면 아이가 게임에 빠지지 않는 데 있어 큰 효과가 있다. 부모에게 있어 자식은 소중한 존재다. 하지만 지나친 걱정과 과도한 참견은 아이에게 좋지 않다.

자주 보고 싶지 않은 친구와 없는 게 나은 친구가 함께하는 최악의 모임이다. 이 글이 어수룩하고 이상하다고 생각하기 전에 자기가 쓴 글을 보라. 얼마나 자주 '있다'를 쓰는지 확인하라. '있다'를 보면 빼거나 다른 표현으로 바꾸는 훈련을 해야 한다. 글이 더 풍부해지고 움직임도 살아난다. 예문을 하나하나 살펴보자.

게임에 빠져 있는 아이들이 많다.

이 문장이 왜 이상할까? '게임에 빠져'를 보자. 이 표현 하나로 문장의 움직임이 드러났다. 여기에 굳이 '~하고 있다' 표현을 덧붙일 필요가 없다. 군더더기다. 없어도 아무 문제 없다. 오히려 '있는'이 붙는 바람에 정적인 느낌을 준다. 이런 친구는 없느니만 못하다. 빼버리자.

게임에 빠진 아이들이 많다.

어떤가? 간결하면서 움직임도 살아났다. 다음으로 넘어가자.

부모는 어떻게 하면 이런 습관을 고칠 수 있을까 고민한다.

'수'와 '있다'의 조합이다. 많이 쓰는 표현이지만 좋은 표현이 아니다. 앞으로 '~수 있다'를 보면 지나치지 말고 고치기 바란다. 쓸데없이 길며, 약하고, 꽉 막힌 표현이다. 짧고, 자신 있게 그리고 시원하게 고쳐보자.

부모는 어떻게 하면 이런 습관을 고칠까 고민한다.

간결해졌다. 부드러워졌다. 글쓴이의 의지가 더 또렷하다. 짧은 글은 언제든 환영이다. 계속 가보자.

가장 먼저 해야 할 것은 아이가 갖고 있는 장점을 살리는 것이다.

고쳐야 할 부분이 어디인지 보이는가? 문제 하나만 집착하면 다른 문제를 놓친다. 모든 문제를 잡아내자. 먼저 '가장 먼저 해야 할 것은'과 뒤에 나오는 '살리는 것이다'의 '것'이다. '것'의 반복이 눈살을 찌푸리게 한다. '것'은 되도록 빼거나 다른 표현으로 바꿔야 한다. '것'은 문장의 생동감을 떨어뜨린다. '것'을 많이 쓰면 자신 없고 모호한 문장으로 변한다. 여기서는 '일'로 바꾸자. '일'로 바꾸면 움직임이 보이고 표현도 명확해진다. '것'을 바꾸는 훈련을 꾸준히 해야 좋은 글이 된다. 다음은 '갖고 있는'이다. '~고 있다' 표현이다. 군더더기 표현으로 문장만 늘려 놓았다. 싹둑 잘라내야 한다. 고쳐보자.

가장 먼저 해야 할 일은 아이의 장점을 살리는 일이다.

살아서 움직이는 담백한 문장으로 변했다. 소매를 걷어붙이고 무언가 막 시작하려는 느낌을 준다. 간결한 문장은 전달력을 높인다. 다음 문장으로 넘어가자.

초등학생이라면 아직 큰 문제가 있지는 않다.

깨진 문장이다. '있지는 않다'가 문장을 망쳤다. 자신 없는 글을 써서는 안 된다. 자기주장을 펼치려면 씩씩해야 한다. 문제가 아니면 아니지 있지 않다고 말해서 '주장'을 '의견'으로 한 단계 떨어뜨렸다. '있다'를 꼭 쓰고 싶었을까? 의문이다. 부사 '아직'도 주목하자. 부사와 형용사 역시 군더더기일 때가 많다. 빼도 흐름에 문제가 없다면 빼야 한다. 고쳐보자.

초등학생이라면 큰 문제는 아니다.

간결하면서 강하다. 군더더기 없이 할 말만 하니 이해하기 쉬운 문장으로 바뀌었다. 다음을 보자.

초등학생일 경우 부모를 잘 따르고 있고 믿고 있기 때문에 조금만 신경 쓰면 된다.

쓸데없는 표현과 군더더기가 조화(?)를 이룬다. 나쁜 글임이 명백하다. 먼저 '~의 경우'는 앞에서 배웠듯이 쓸데없는 일본식 표현이다. 없어도 아무 문제 없다. 빼버리자. 다음으로 '따르고 있고 믿고 있기 때문에' 표현을 보자. 여기서 '있다'가 얼마나 불필요한지 빼보면 안다. '있다'표현에 집착하면 글은 엉망이 된다. 빼야 한다. '~ 때문에' 표현도 쓰지 않아야 좋으므로 고쳐야 한다.

초등학생은 부모를 잘 믿고 따르므로 조금만 신경 쓰면 된다.

무거웠던 문장이 가벼워졌다. 가벼우니 읽기도 편하다. 전달력도 살아났다. 사람이든 글이든 날씬해야 좋다. 다음 문장도 고쳐보자.

> 게임을 적당히 즐길 수 있게 하려면 정해진 시간에만 게임을 하도록 가르쳐야 한다.

'~수 있다' 표현이 다시 등장했다. 이처럼 글은 패턴이 생기면 계속 쓰려고 한다. 일부러 그러는 게 아니라 저절로 그렇게 된다. 물길이 없던 곳에 물길이 생기면 어디서 흘러왔는지 모를 물이 계속 흘러들게 마련이다. 그래서 주의해야 한다. 적당한 표현으로 고쳐야 한다. 직접 고쳐보기 바란다. 다음으로 걸리는 부분은 '게임을'이다. 앞뒤로 연이어 등장한다. 불필요한 반복이다. 문장만 길어진다. 뒤의 '게임을'은 없어도 의미 전달에 아무 문제 없다.

> 게임을 적당히 즐기게 하려면 정해진 시간에만 하도록 가르쳐야 한다.

줄이고 없애니 얼마나 산뜻하고 좋은가? 리듬이 살아나 가독성도 좋아졌다. 다음으로 넘어가자.

> 게임에 빠지지 않을 수 있도록 하는 또 다른 방법은 독서다.

자기도 모르게 물이 계속 흐른다. '~수 있다' 표현이 반갑지 않은 친구처럼 자꾸 등장한다. 이 표현을 만나면 무조건 빼고 글을 다시 읽어보라. 문제없을 때가 많다. 아니 대부분 그렇다. 군더더기 중의 군더더기다. 있어 보이려고 많이 썼다는 설도 있지만, 이유가 무엇이든 군더더기임에는 변함이 없다. 빼고 다시 쓰자.

> 게임에 빠지지 않도록 하는 또 다른 방법은 독서다.

부드럽게 쓰인 글은 언제 읽어도 편하고 질리지 않는다. 다음 문장을 보자.

> 이렇게 하면 아이가 게임에 빠지지 않는 데 있어 큰 효과가 있다.

전체 글 가운데 가장 쓸데없이 긴 문장이다. 먼저 '~하는 데 있어'가 거슬린다. '있다' 중독의 또 다른 사례다. 어색하기 짝이 없지만, 많이 쓰는 표현이다. '~데'까지만 쓰면 된다. '있어'는 없어도 뜻이 망가지지 않는다. 쓸데없는 군더더기다. '게임에 빠지지 않는 데 큰 효과가 있다'고만 쓰자. 그런데 가만히 생각해보자. 문장을 고칠 때 제일 먼저 생각해야 할 두 가지는 단순함과 명확함이다. 이렇게 볼 때 '아이가 게임에 빠지지 않는 데 있어'는 전부 없어도 된다. 이 부분을 빼고 다시 읽어보기 바란다. 뜻을 전하는 데 전혀 문제가 없다. 이 표현은 앞에서 계속 이야기한 내용의 반복일 뿐이다. 문장만 길어진다. 덩치로 따지면 가장 큰 군더더기다. 빼고 고치자.

이렇게 하면 큰 효과가 있다.

얼마나 담백한가? 의미에 손상을 주지 않는 한, 줄이고 줄여야 한다. 마지막 문장을 살펴보자.

부모에게 있어 자식은 소중한 존재다.

다시 '~에 있어' 표현이다. 중독 증상이 심해지면 여기저기 '있다'를 마구 뿌려댄다. 불행한 일이다. 이 문장에 '있어'는 무슨 의미일까? 아무 의미도 없다. 여러 사람이 쓰니까 자기도 모르게 쓴다. 옳고 그름을 따지기 전에 아무 생각 없이 따라 하는 버릇을 고쳐야 한다. 아무리 훌륭한 작가라도 좋은 문장만 쓰지 않는다. 나쁜 문장도 쓴다. 자기 생각 없이 따라 하다 보면 무엇이 나쁜지 좋은지 분간하지 못하는 팔푼이가 된다. 따라 하되 뚜렷한 기준을 세워야 한다. 좋은 부분만 가려서 배우기 바란다. '~에 있어'처럼 아무 뜻 없는 표현을 따라 해서는 안 된다. 무의미한 '있어'는 사정없이 빼버리자.

부모에게 자식은 소중한 존재다.

쓸데없는 '있어'를 쳐내니 물 흐르듯 좋은 문장으로 변했다. 종합해서 다시 써보자.

> 게임에 빠진 아이들이 많다. 부모는 어떻게 하면 이런 습관을 고칠까 고민한다. 가장 먼저 해야 할 일은 아이의 장점을 살리는 일이다. 초등학생이라면 큰 문제는 아니다. 따라서 너무 걱정하지 않아도 된다. 초등학생은 부모를 잘 믿고 따르므로 조금만 신경 쓰면 된다. 게임을 적당히 즐기게 하려면 정해진 시간에만 하도록 가르쳐야 한다. 게임에 빠지지 않도록 하는 또 다른 방법은 독서다. 아이가 좋아하는 분야의 책을 정해서 매일 꾸준히 읽도록 해야 한다. 이렇게 하면 큰 효과가 있다. 부모에게 자식은 소중한 존재다. 하지만 지나친 걱정과 과도한 참견은 아이에게 좋지 않다.

의미 없는 '있다'표현을 모조리 골라내니 단점은 사라지고 장점은 살아났다. 길고, 단조롭고, 불명확하고, 읽기 불편했던 문장이 사라졌다. 미숙한 아이가 성숙한 어른으로 탈바꿈했다. 다시 정리하면 이렇다. 의미 전달에 문제가 없는 한 '있다'는 모조리 제거하거나 고쳐라. 아무리 해도 고쳐지지 않는 '있다'만 남겨라. 이 '있다'가 바로 쓸모 있는 '있다'다. 가령 '나가지 말고 집에 있어'나 '가만히 있어'의 '있다'처럼 말이다.

하란 말이야? 하지 말란 말이야?

나는 돈키호테를 좋아한다. 돈키호테는 주저하지 않는다. 풍차를 상대해 싸울 정도로 저돌적이다. 돈키호테에게는 풍차든 악당이든 상관없다. 깨지고 찢어지고 터질지언정 돈키호테는 자기주장을 굽히지 않는다. 햄릿은 싫다. 그의 우유부단함이 싫다. 복수를 다짐한 그가 한 일이라곤 기회가 왔을 때 소심하게 돌아서는 게 다였다. 〈햄릿〉은 가장 위대한 작가가 쓴 가장 훌륭한 작품이지만, 등장인물은 그에 미치지 못했다. 안타깝게도 햄릿은 우유부단함의 상징이 되었다. 글 쓸 때는 돈키호테가 되어라. 펜을 들었다면 자기주장을 펼쳐라.

힘 빠지는 글은 어떤 글인가? 첫째는 주제의 명확함이 보이지 않는 글이다. 좋은 글은 힘이 넘친다. 명확하고 뚜렷하다. 이래도 좋고 저래도 좋다는 생각으로 글을 쓰면 안 된다. 글 쓸 때 주저하거나 눈치가 보인다면 차라리 쓰지 마라. 글은 정보의 전달이다. 자기 자신조차 정리하지 못한 생각을 독자에게 강요해서는 안 된다. 글은 확신으로 써야 한다. 책상에 앉기 전에 정리를 끝마쳐야 한다. 책상에 앉은 이후에는 머뭇거

림 없이 써야 한다.

둘째는 표현의 문제다. 생각이 정해졌다면 그에 걸맞은 문장을 써야 한다. 어눌한 표현은 주장을 의견으로 깎아내린다. 글은 아나운서가 묻는 말에 답하는 게 아니다. 자기 생각을 명확하게 전달하는 데 목적이 있다. 물건을 파는 사람이 자기 물건이 좋은지 나쁜지 모호하게 말한다면 그 물건을 살 사람은 없다. 물건 주인이 자기 물건에 확신이 없으니 당연한 일이다. 글을 다 썼다면 모호한 표현은 없는지 확인해야 한다.

자기가 쓴 글이 햄릿처럼 약해 보여도 실망하지 마라. 기회는 얼마든지 있다. 고칠 때 돈키호테가 돼라. 그러면 된다. 예문을 보며 햄릿형 글을 돈키호테형 글로 어떻게 바꾸는지 알아보자.

> 오늘은 바깥 활동을 자제해야 할 것 같습니다. 황사가 심해지기 때문입니다. 내일도 외출하지 않는 것이 좋을 것 같습니다. 불가피하게 외출을 해야 할 때는 마스크를 착용하는 것이 좋을 것 같습니다.

일기예보관이 많이 쓰는 말투다. 일기예보는 정보 전달의 꽃이다. 예보관의 말은 대략 이런 뜻으로 해석된다. '황사가 심하니 바깥활동을 자제해야 하며, 외출 시에는 마스크 착용을 해야 한다' 그런데 예보관의 말은 뭔가 알쏭달쏭하다. 명확함이 드러나지 않는다. 하라는 소린지, 하지 말라는 소린지 모호하게 들리는 건 나뿐인가? 이번에는 다른 예보관의 말을 들어보자.

> 오늘은 바깥 활동을 하지 마시기 바랍니다. 황사가 심해지기 때문입니다. 내일도 마찬가지입니다. 불가피하게 외출해야 할 때는 마스크를 반드시 착용해야 합니다.

어떤가? 첫 번째 예보관은 외출해야 하는지 하지 말아야 하는지 고민거리를 안겨주지만, 두 번째 예보관은 외출하지 말라고 딱 잘라 말한다. 듣는 이로 하여금 고민할 필요가 없도록 한다. 글 쓸 때는 주장을 확실하게 펼쳐야 한다. 그 후 판단은 독자의 몫이다. 도망갈 구멍을 마련해 둔 사람이 쓴 글은 아무도 읽지 않는다. 도망갈 구멍을 차단하라. 그리고 글을 써라. 첫 번째 예보관의 말에는 빠져나갈 구멍이 많다. 어떤 구멍인지 찾아보기 바란다. 주범은 바로 '~것 같다'이다. 힘 빠지는 글을 만드는 주범이다. 자기가 쓴 글에 '~것 같다'를 모두 빼거나 고쳐라. 다음 예문을 보자.

> 담배는 몸에 좋지 않다고 생각합니다. 폐를 상하게 할 수도 있기 때문입니다. 연구결과를 보면 담배는 폐에 심각한 문제를 일으키는 듯합니다. 담배가 생각나면 과일을 드시기 바랍니다. 과일을 싫어하지 않지만 그렇다고 좋아하지도 않는다면 갈아서 드시는 것도 좋습니다. 훨씬 먹기 편합니다. 담배 대신에 껌을 씹는 것도

좋다고 생각합니다. 많은 사람이 효과를 본 방법이니 이 방법도 좋을 듯합니다. 담배 판매를 중단해야 한다거나 가격을 만 원 넘게 올려야 하는 거 아닌가 하고 말하는 사람도 있는 것 같습니다. 이런 의견이 합리적인지 잘 모르겠습니다만, 너무 극단적인 생각은 좋지 않다고 생각합니다. 역효과를 불러올 수도 있습니다. 누구나 이해할 수 있고 참여할 수 있는 방법을 연구하는 것이 학자와 정부기관이 해야 할 일이 아닌가 생각해봅니다.

'죽느냐 사느냐?' 사이에서 갈등하는 햄릿이 아른거린다. 손대면 '톡'하고 터질 것만 같은 글이다. 빠져나갈 구멍투성이다. 떨어지는 가을 낙엽에 닭똥 같은 눈물을 흘릴만한 사람이 쓴 글이다. 무엇이 두려운가? 이 글은 소심함 때문에 설득력을 잃었다. 불명확한 글은 팥 없는 붕어빵이다. 존재 이유가 없다. 잔뜩 풀 죽은 글을 살려보자.

담배는 몸에 좋지 않다고 생각합니다.

'나는 소극적인 사람이니 그렇게 아세요'로 시작한다. 평범하다 못해 나약하다. 쓸 만한 정보를 기대하기 어려운 글이다. 이렇게 시작하는 글을 끝까지 읽을 필요가 있을까? 독자는 필요한 정보를 얻고 싶어 한다. 정보를 주려고 글을 썼다면 확신에 찬 글을 써야 한다. 처음부터 강한 모습을 보여야 한다. 그래야 독자를 끌어당긴다. 다음과 같이 시작하자.

담배는 몸에 나쁩니다.

글에 힘이 느껴진다. 작가가 무슨 말을 하려고 하는지 궁금하다. 확신에 차 있는 이유를 알고 싶다. 독자는 이런 글에 눈길을 준다. 몇 글자 차이지만 반응은 하늘과 땅 차이다. 글은 짧을수록 힘이 생긴다. 자신 있고 짧게 글을 써라. 다음 문장을 보자.

폐를 상하게 할 수도 있기 때문입니다.

또 '수'가 나왔다. 글을 나약하게 하는 몹시 나쁜 녀석이다. 골리앗이 돌멩이에 당했듯 문장 전체가 '수' 하나로 무너졌다. 게다가 '수' + '있다' 표현이다. 앞에서 말했듯이 약하고 꽉 막힌 문장을 만드는 조합이다. 글쓴이의 소심함이 느껴진다. 여차하면 도망치겠다는 의지가 엿보인다. '의지'를 글로 펼치지 못하고 엉뚱한 방향으로 썼다. 당장 고쳐라.

폐를 상하게 합니다.

얼마나 확고한가. 퇴로를 스스로 차단했다. 빠져나갈 구멍이 없다. 남은 것은 불굴의 의지뿐이다. 독자는 이런 글에 끌린다. 자신 없는 사람이 쓴 글을 읽고 싶어 하는 사람은 없다. 다음 문장으로 넘어가자.

연구결과를 보면 담배는 폐에 심각한 문제를 일으키는 듯합니다.

'~듯하다'는 '~것 같다'와 함께 글을 약하게 하는 주범이다. 이 문장은 뒷맛이 개운치 않다. 잘 가다가 그만 맥이 빠지고 말았다. 글쓴이는 어떤 연구결과를 참조한 걸까? 모호하게 쓴 논문을 본 걸까? 확신 없는 사람의 연구를 참조한 걸까? 왜 '듯하다'라고 표현했을까? 고상한 척하려고? 의문이다. 연구결과는 확실하지 않으면 발표하지 않는다. 과학은 실험으로 명백한 결과를 끌어낸다. 그다음 발표한다. 그런데 글쓴이는 확신이 없다. 어떤 주장을 하고 싶은 걸까? 독자를 설득하고 싶기는 한 건지조차 의문이다. 이런 글은 차라리 안 쓰는 편이 낫다. 신념을 갖고 연구하여 쓴 글이라면 당당하게 써야 한다. 무엇이 두려운가? 자신 있게 표현하자.

연구결과를 보면 담배는 폐에 심각한 문제를 일으킵니다.

독자에게 경각심을 불러일으킨다. 자신 있는 표현으로 글에 힘이 실린다. 여기에 구체적인 연구 자료를 첨부하면 금상첨화다. 보면 알겠지만, 확신에 찬 글로 바꾸니 자연스럽게 문장도 줄어든다. 명확한 글은 긴 글이 아니라 짧은 글이다.

과일을 싫어하지 않지만 그렇다고 좋아하지도 않는다면 갈아서 드시는 것도 좋습니다.

'과일을 싫어하지 않지만 그렇다고 좋아하지도 않는다면' 표현을 보자. 이런 표현은 쓰지 말아야 한다. 한마디로 뜨뜻미지근한 표현이다. 문학적인 글쓰기에 나타나는 불필요한 미사여구처럼 쓸데없이 길게 쓴 문장이다. 문장이 길면 글이 더 약해진다. 명심해야 한다. 특히 논리적인 글이나 설명문에서는 무조건 피해야 한다. 마지막 표현도 보자. '드시는 것도 좋습니다'는 문장 전체를 맥 빠지게 한다. 여기서 '것'은 있어도 없어도 상관없는 녀석이 아니다. 없어야 한다. 문장을 약하게 하는 가시 같은 존재다. 전체적으로 불명료하고 힘 빠지는 문장이다. 뜯어고치자. 내가 고친 문장을 보기 전에 직접 고쳐보기 바란다.

과일을 좋아하지 않는다면 갈아서 먹습니다.

담백하고 명료하다. 글쓴이의 주장이 잘 드러난다. 무엇보다 간결해서 좋다. 간결하면 가독성이 좋아진다. 읽기 편한 글은 부담이 없다. 노력하면 할수록 좋은 글을 쓰게 된다. 고치고 또 고쳐라. 하늘은 스스로 돕는 자를 돕는다. 다음 문장이다.

담배 대신에 껌을 씹는 것도 좋다고 생각합니다.

남에게 보여주려고 쓴 글인데, 일기가 되어 버렸다. 자기 생각을 썼다. '이렇게 해라'가 아니라 '이러면 좋을 것 같은데 당신 생각은 어떻습니까?' 하고 묻는 것처럼 들린다. 일기나 수필도 마찬가지다. 확고한 신념을 글로 써야 한다. 이도 저도 아닌 표현은 아무 맛없는 맹물과 같다. 이런 표현은 '그래서 어쩌라는 말인가?' 되묻게 한다. 위 문장은 껌을 씹으라는 말인지 그냥 자기 생각을 말한 것인지 헷갈린다. 좀 더 분명하게 고쳐야 한다.

담배 대신 껌도 좋습니다.

짧으니 무슨 말인지 알아듣기도 쉽다. 자기 생각을 조심스럽게 전하기보다 확고한 신념으로 전해야 한다. 다음 문장도 고쳐보자.

많은 사람이 효과를 본 방법이니 이 방법도 좋을 듯합니다.

'방법'이 반복해서 나온다. 어수선하고 어색하다. 문장도 길어졌다. '~듯하다' 역시 다시 등장했다. 전체적으로 산만하고 자신 없는 문장이다. 방법을 쓰라는 것인지 그냥 한 번 권하는 것인지 알 길이 없다. 반복되는 단어 '반복'을 없애고 '듯하다'도 명확하게 바꿔야 한다.

많은 사람이 효과를 본 만큼 좋은 방법입니다.

이 정도면 무난하다. 담백하고 명확해졌다. 방법을 써보고 싶은 생각이 든다. '말 한마디로 천 냥 빚을 갚는다'고 했다. 글도 마찬가지다. 사람의 마음을 움직이는 글이 좋은 글이다. 내 글을 읽고 누군가의 삶이 바뀌었다면 글 쓴 사람 최고의 명예다. 문장 하나하나에 신경 써야 하는 이유다.

담배 판매를 중단해야 한다거나 가격을 만 원 넘게 올려야 하는 거 아닌가 하고 말하는 사람도 있는 것 같습니다..

어색하다. 금방 눈에 띈다. 먼저 직접 고쳐보기 바란다. 어떻게 고칠 것인지 충분히 고민하라. 다 했으면 함께 고민해 보자. 문제가 되는 문장은 '만 원 넘게 올려야 하는 거 아닌가'이다. 무슨 말인지 언뜻 이해하기 어렵다. 올려야 한다는 말인지 올리지 말아야 한다는 말인지 여러 번 읽기 전에는 알아차리기 힘들다. 글쓴이는 누군가 한 말조차 모호하게 표현하고 말았다. 이렇게 주장한 사람은 담배 가격을 올려야 한다고 말했음이 분명하다. 그런데 주장을 한없이 약하게 만들었다. 당연히 문장도 길어지고 어색해졌다. 뒤에 가서는 '~것 같다' 표현까지 썼다. 그렇게 주장하는 사람이 분명하게 있다기보다는 있을지도 모른다는 것에 가까운 표현이다. 정리하면 '가격을 올려야 하는지 말아야 하는지 불명확한 주장을 한 사람이 있을지도 모른다'는 의미다. 이 무슨 방귀 같은 소린가. 글을 이렇게 써서는 절대 안 된다. 참고로 나는 '절대'라는 말을 싫어

한다. 이런 표현을 쓸 정도로 이 문장은 답이 없다. 피해야 할 표현으로 가득하다. 명확하고 분명하게 고쳐보자.

> 담배 판매를 중단하거나 가격을 만 원 넘게 올려야 한다고 말하는 사람도 있습니다.

여러분도 이렇게 고쳤는가? 아니어도 좋다. '하는 거 아닌가'와 '~것 같다'를 빼고 주장의 명확함을 드러냈다면 어떤 표현이든 상관없다. 글쓰기는 붙이는 작업이 아니라 빼는 작업이다. 빼면 뺄수록 글은 분명해진다.

> 이런 의견이 합리적인지 잘 모르겠습니다만, 너무 극단적인 생각은 좋지 않다고 생각합니다.

이사 온 지 한 달도 안 된 사람이 주민 회의에 참석하여 자기 의견을 말하는 것처럼 조심스럽다. 자기도 정리하지 못한 생각을 독자에게 읽으라고 강요하는 이상한 글이다. 글 쓰는 사람이 눈치를 보기 시작하면 설득력은 떨어지고 어설퍼진다. 깊이 생각했다면, 그리고 글로 남기기로 했다면, 생각을 정리한 다음 자신 있게 써야 한다. 생각을 말하지 말고 주장하라.

> 이런 의견은 합리적이지 않습니다. 너무 극단적인 생각은 좋지 않

습니다.

어떤가? 자신 있게 손을 들고 자기주장을 펼친다. 청중은 누구 손을 들어줄까? 다음 문장을 보자.

> 역효과를 불러올 수도 있습니다.

이 정도면 쉽게 고치리라 생각한다.

> 역효과를 불러옵니다.

이제 마지막 문장이다.

> 누구나 이해할 수 있고 참여할 수 있는 방법을 연구하는 것이 학자와 정부기관이 해야 할 일이 아닌가 생각해봅니다.

'~수 있다' 표현이 하나도 아니고 둘이나 연속해서 등장했다. 문장은 길어지고 표현은 두 배로 약해졌다. 고약한 버릇은 중독처럼 이어진다. '아닌가 하는' 표현 역시 또 등장했다. 잘못된 표현은 언제든 다시 나타난다. 완벽하게 고치기 어렵다. 최고의 방법은 완벽을 추구하는 게 아니라 글 고치기를 게을리하지 않는 것이다. 햄릿처럼 나약한 표현을 돈키호테처럼 씩씩하게 고쳐보자.

> 누구나 이해하고 참여하는 방법을 연구하는 것이 학자와 정부기관이 해야 할 일입니다.

어떤가? 담백하고 명료해졌는가? 답답했던 글이 시원해졌다. 다시 말하지만, 생각을 말하지 말고 주장하라. 그러면 글도 짧아지고 전달력도 살아난다. 자신 있는 글은 언제 읽어도 기분이 좋다. 독자의 마음을 움직이는 글을 쓰기 바란다. 종합해서 보도록 하자.

> 담배는 몸에 나쁩니다. 폐를 상하게 합니다. 연구결과를 보면 담배는 폐에 심각한 문제를 일으킵니다. 담배가 생각나면 과일을 드시기 바랍니다. 과일을 좋아하지 않는다면 갈아서 먹습니다. 훨씬 먹기 편합니다. 담배 대신 껌도 좋습니다. 많은 사람이 효과를 본 만큼 좋은 방법입니다. 담배 판매를 중단하거나 가격을 만 원 넘게 올려야 한다고 말하는 사람도 있습니다. 이런 의견은 합리적이지 않습니다. 너무 극단적인 생각은 좋지 않습니다. 역효과를 불러옵니다. 누구나 이해하고 참여하는 방법을 연구하는 것이 학자와 정부기관이 해야 할 일입니다.

담배가 몸에 나쁘니 담배 대신 과일을 먹고, 껌을 씹어야 한다고 주장하는 글이다. 그렇다고 비합리적인 방법을 사용해서는 안 되며, 누구나 이해할만한 방법이 필요하다는 주장이다. 그리고 그 방법은 학자나 정부기관에서 해야 할 일이라고 말한다. 자기주장이 뚜렷하니 글이 명료해질 수밖에 없다. 문장도 질질 끄는 표현 없이 담백하다.

멋진 글을 쓰기 바란다. 주저하지 않는다면 좋은 글을 쓴다. 대신에 충분히 생각하라. 글쓰기 전에 자료조사를 철저히 하라. 그러면 눈치 볼 일도 없고, 불안해하지 않아도 된다. 완벽한 생각은 완벽한 글로 표현해야 한다. 좋은 생각이 있어도 표현이 어눌하다면 읽어 줄 사람은 없다. 얼마나 안타까운 일인가? 새 술을 헌 가죽에 담으면 술맛이 떨어진다. 새 술은 새 부대에 담아야 한다. 자신 있는 표현으로 자기 생각을 멋지게 풀어내기 바란다. 좋은 글은 사람을 기분 좋게 하는 묘약이다.

참고로 돈키호테처럼 쓰라고 해서 막무가내로 써도 된다고 생각하는 사람이 없기를 바란다. 그런 사람이 쓴 글은 아무도 읽으려 하지 않는다. 햄릿형보다 더 쓸모없는 글을 쓸 테니까 말이다.

말이야? 글이야?

건설사 대표가 고민에 빠졌다. 심혈을 기울여 지은 대학 건물에 결함이 생겼다. 학교는 학생을 받을 모든 준비를 끝마친 상태다. 건설사 대표는 대학 총장을 찾아갔다.

"입학을 연기해야 할 것 같습니다."

"아니 그게 무슨 말입니까?"

"실수로 식당으로 가는 길을 만들지 못했습니다."

어처구니없는 일이었다.

"설계를 다시 해서 길을 만들어야 할 것 같습니다."

하지만 시간이 없었다. 총장은 곰곰이 생각하더니 이렇게 말했다.

"설계를 다시 할 시간은 없습니다. 일단 학생들을 입학시키도록 하겠습니다."

얼마 후 입학식과 함께 학생들이 쏟아져 들어왔다. 한 달 정도 지난 후 총장은 건설사 대표를 불렀다.

"이제 길을 내십시오."

"그게 무슨 말입니까? 아직 설계도 하지 않았습니다."

"그럴 필요 없습니다. 학생들이 이미 설계를 해 놓았습니다."

총장은 손가락으로 한곳을 가리켰다. 일직선으로 길이 나 있었다. 학생들은 식당으로 가기 위해 가장 빠른 길을 택했고, 계속해서 그 길로 다녔다. 그러다 보니 자연스럽게 길이 생겼다. 건설사 대표는 빙그레 웃으며 총장에게 엄지손가락을 들어 보였다.

글쓰기는 어떨까? 글쓰기 역시 설계도 없는 길을 가는 것과 같다. 어떤 표현을 반복해서 쓰다 보면 자기만의 길이 생긴다. 그것이 바로 문체다. 좋은 문체는 얼마든지 환영할 일이다. 문제는 좋지 않은 표현이 자기도 모르게 굳어졌을 때다. 한 번 생긴 물길을 돌리기란 쉽지 않다. 좋은 글을 많이 보고 많이 써야 올바른 길이 생긴다. 피리 부는 아저씨를 따라간 아이처럼 남이 쓴 글을 맹목적으로 받아들여서는 안 된다. 고치고 다듬는 훈련을 게을리하지 마라. 좋은 길을 내려면 시간과 노력이 필요하다.

이제부터 설계도 없이 마구 뚫은 길을 찾아 올바로 고쳐보자. 많이 쓰지만 바람직하지 않은 표현들 위주로 골랐다. 여기 나오는 정도만 신경 써도 글은 훨씬 좋아진다.

같은 부서 직원뿐 아니라 다른 부서들 간의 협력도 중요하다. 갑작스런 일이 생기면 부서들 간의 협력 없이 해결하기 어렵다. 자기 부서에 아무도 없을 때 일이 생겼다고 한 번 생각해보자. 혼자 해결하려다 호미로 막을 일을 가래로 막아야 할 수도 있다. 경쟁도 좋지만, 협력이 우선이다. 경쟁이냐 협력이냐 잘 한번 생각해봐야 한다. 회의 시간에도 검토할 내용들을 점검하되 다른 부서의 안건도 같이 봐야 한다. 쉬는 시간에도 같은 팀원들끼리만 모여 있지 말고 다른 팀들과도 함께 어울리는 것이 좋다. 가끔 보면 고집스런 사람들이 있다. 자기 팀에서 일어난 일을 꼭꼭 숨긴다. 그러지 말고 될 수 있으면 공유하는 것이 좋다. 가족들이 모여 아침을 먹는데 대화가 단절되어 있다고 한 번 생각해 보라. 그것만큼 불행한 일도 없다. 가족과 마찬가지로 회사도 의사소통이 가장 중요하다.

첫 번째 문장부터 시작하자.

같은 부서 직원뿐 아니라 다른 부서들 간의 협력도 중요하다.

초보자뿐 아니라 글을 오래 쓴 사람도 접미사 '들'을 좋아한다. 나 역시 마찬가지다. 초고를 끝내고 고치는 작업에 들어가면 꼭 나온다. 어떤 표현이 좋지 않은 지 예를 들어 보겠다. '밥들 먹어라', '웃지들 마라', '떠들지들 마라', '수고들 해라', '많이들 먹어라', '우리에게 남은 시간들' 등이 있다. 여기서 '들'을 모조리 빼보라. '밥 먹어라', '웃지 마라', '떠들지 마라', '수고해라',

'많이 먹어라', '우리에게 남은 시간' 어떤가? 군더더기 '들'이 없으니 훨씬 간결하고 깔끔하다. 게다가 '웃다', '떠들다', '수고', '많다', '시간'은 셀 수 없다. 따라서 복수형 '들'을 붙여서는 안 된다. 그런데도 복수형 '들'을 서슴없이 썼다. 주의해야 한다.

다음과 같은 표현도 즐겨 쓴다. '새까맣게 많은 까마귀들이 날아다닌다' 이상한 점을 발견했는가? '까마귀들'이 적절하지 않다. '까마귀들' 앞에 복수를 뜻하는 단어가 두 번이나 나왔다. '새까맣게'와 '많은'이다. 그러므로 '까마귀들'까지 복수형을 쓸 이유가 없다. '새까맣게 많은 까마귀가 날아다닌다'고 하면 된다. 사실 여기서 '새까맣게'도 필요 없다. 그냥 '많은 까마귀가 날아다닌다' 정도면 충분하다.

많은 사람이 복수형을 쓰고 싶어 안달한 사람처럼 '들'을 즐겨 쓴다. 길이 생기면 고치기 어렵다. 처음에 길을 잘 만들어야 한다. 위 문장에서 어떤 부분을 고쳐야 할까? '부서들 간의'에서 '부서들'의 '들'을 빼야 한다. 그리고 '간의'에서 '의'는 쓸데없는 군더더기다. 빼고 고치자.

같은 부서 직원뿐 아니라 다른 부서 간 협력도 중요하다.

'부서'에 이미 복수의 의미가 들어 있다. '들'을 붙일 필요가 없다. 다음 문장을 보자.

갑작스런 일이 생기면 부서들 간의 협력 없이 해결하기 어렵다.

말과 글은 다르다. 말하듯이 자연스럽게 써야 할 때도 있지만, 문법은 지켜야 한다. 말할 때는 단어를 제대로 쓰지 않고 줄여 쓰려고 한다. 이런 버릇을 그대로 글로 옮기면 안 된다. 어떤 표현이 문제일까? '갑작스런'이다. 문법적으로 틀린 표현이다. '~스럽다'가 붙을 때는 '우'가 들어가야 한다. 따라서 '갑작스런'이 아니라 '갑작스러운'이라고 써야 한다. 많이 저지르는 실수다. '부서들 간의' 표현도 다시 등장했다. 배웠으니 빼먹지 말고 고치자.

갑작스러운 일이 생기면 부서 간 협력 없이 해결하기 어렵다.

글은 얼마든지 고칠 기회가 있다. 고칠 기회가 있음에도 고치지 않으면 자질이 없다고 봐야 한다. 다음 문장으로 넘어가자.

자기 부서에 아무도 없을 때 일이 생겼다고 한 번 생각해보자.

마찬가지로 말할 때 버릇이 글로 번졌다. '이렇게 한 번 해보자', '한번 말해봐', '이번 한 번만 봐 준다', '너도 한 번 당해봐', '너도 한 번 해봐' 지겹도록 쓰는 표현이다. 글로 옮기면 눈에 확 들어온다. 군더더기도 이런 군더더기가 없다. '한 번'을 빼보라. '이렇게 해보자', '말해봐', '이번만 봐 준다', '너도 당해봐', '너도 해봐' 어떤가? 날씬하면 예뻐 보인다. 단조롭던 표현도 저마다 색깔이 드러났다. '한 번'을 당신의 문장에서 모두 몰아내라.

자기 부서에 아무도 없을 때 일이 생겼다고 생각해보자.

가다가 주춤했던 문장이 거리낌 없이 흐른다. 다음으로 넘어가자.

혼자 해결하려다 호미로 막을 일을 가래로 막아야 할 수도 있다.

그냥 넘어가서는 안 되는 표현이다. 왜 그런지 눈치챘는가? 그렇다. '~수 있다' 표현이 등장했다. 지나치지 말고 고쳐라.

혼자 해결하려다 호미로 막을 일을 가래로 막아야 한다.

주장이 더 날카로워졌다. 누군가에게 자기주장을 펼치려면 단호해야 한다. '~수도', '~것 같다'라는 표현은 멀리 안 보이는 장소에 버려두고 오라.

경쟁이냐 협력이냐 잘 한번 생각해 봐야 한다.

한 번 쓰기 시작하면 계속 쓰게 된다. 이렇듯 언제 어디서 나타날지 모르니 신경 써야 한다. '한 번'은 아무짝에도 쓸모없다. 빼버리자.

> 경쟁이냐 협력이냐 잘 생각해 봐야 한다.

'한 번'이 없으니 주장이 더 뚜렷해졌다. 설득력 있는 문장은 간결한 문장이다. 이 말은 진리다.

> 회의 시간에도 검토할 내용들을 점검하되 다른 부서의 안건도 같이 봐야 한다.

'내용'을 셀 수 있을까? 복수형을 써서는 안 되는 단어다. '들'을 쓰고 싶어도 참아야 한다. 참는 자가 이기는 법이다. '들'이 보이면 써야 하는지 안 써야 하는지 생각하라. 대부분 빼도 상관없거나 빼야만 한다.

> 회의 시간에도 검토할 내용을 점검하되 다른 부서의 안건도 같이 봐야 한다.

문장이 제자리를 찾았다. 다음으로 넘어가자.

> 쉬는 시간에도 같은 팀원들끼리만 모여 있지 말고 다른 팀들과도 함께 어울리는 것이 좋다.

설명을 보기 전에 직접 고치기 바란다. 시간을 주겠다. 고쳤는가? 빼먹지 말아야 할 표현이 있다. 놓치지 않았으리라 믿는다. 먼저 볼 부분은 '팀원들끼리만'이다. '들'이 들어가야 할 이유가 없다. '팀원'이 이미 복수형이다. '들'을 쓸 필요가 없다. 마찬가지 이유로 '팀들과도' 역시 '들'을 빼야 한다. 다 끝났는가? 아니다. 쓸데없는 군더더기와 문장에 힘을 빼는 가시 같은 표현이 남아 있다. 먼저 '모여 있지 말고'에서 '있다'가 군더더기다. 앞에서 배웠으니 찾아냈을 거라 믿는다. 빼버리자. 다음은 '것이 좋다' 표현이다. 문장에 힘이 생기느냐 마느냐는 마지막에 결정된다. '것'이 마지막에 등장하면 어김없이 약해진다. '것'을 빼고 힘 있는 표현으로 바꿔야 한다. 고쳐보자.

> 쉬는 시간에도 같은 팀원끼리만 모이지 말고 다른 팀과도 함께 어울려야 한다.

간결하고 강해졌다. 군더더기 표현을 모두 빼버리니 주장이 분명해졌다. 배운 내용을 활용하지 않으면 영원히 제자리걸음이다. 꾸준히 연습해야 한다.

> 가끔 보면 고집스런 사람들이 있다.

글쓴이는 자기가 쓴 글만큼이나 고집스럽다. '~스럽다'는 '스러운'으로 바꿔야 한다. '사람들'에서 '들'은 어떤가? 여기서는 써도 되고 안 써도 된다. 단지 전체 문맥으로 볼 때 불특정 다수의 사람에게 말하고 있으니 굳이 '들'을 쓰지 않아도 의미를 전달하는 데 문제가 없다. 빼도 상관없으면 빼야 한다.

가끔 보면 고집스러운 사람이 있다.

이 정도면 무난하다. 다음으로 넘어가자.

그러지 말고 될 수 있으면 공유하는 것이 좋다.

'~수 있다'와 '~것이 좋다'는 한꺼번에 나올 때가 많다. 상사에게 보고할 때 아니면 어른에게 말할 때 많이 써서 그렇다. '동방 예의지국'이라 불릴 정도로 우리 문화는 '예'를 중요시했다. 문화와 글은 밀접한 관계다. 겸양의 표현이 우리글에 자주 나타나는 이유다. 하지만 아랫사람이 윗사람 모시듯 글을 써서는 안 된다. 특정 대상을 위해 쓴 글이 아니라면 객관적이어야 한다. 더불어 글쓴이의 주장이 드러나야 한다. 이 두 가지가 핵심이다. 객관적이고 주장이 드러나도록 고쳐야 한다.

그러지 말고 공유해야 한다.

군더더기 없이 깔끔하다. '될 수 있으면' 대신에 '되도록'을 쓰는 방법도 있으나 역시 약하다. 통째로 없애라. '것이 좋다'

도 빼고 '한다'로 바꾸면 글에 무게가 실린다. 이 정도면 좋은 문장이다. 마지막 문장으로 넘어가자.

가족들이 모여 아침을 먹는데 대화가 단절되어 있다고 한 번 생각해 보라.

어떻게 고쳐야 좋을까? 먼저 '가족들'이 눈에 거슬린다. '가족'은 그 자체로 복수형이다. '들'은 필요 없다. 군더더기다. '가족'이라고만 해도 충분하다. 다음은 '단절되어 있다'를 고치자. 어떻게 고칠까? 먼저 '있다'를 빼보자. 그러면 '단절되었다고'로 바꿔야 한다. 그런데 좀 딱딱하다. '단절'과 '되었다' 모두 좋은 표현이 아니다. 한자어와 수동형 표현의 결합이라 생각해 봐야 한다. 특히 '단절'은 문장을 무겁게 만든다. 좀 더 간결하고 능동적으로 바꿔보자. 그냥 '없다'로 하면 어떨까? 간결하면서 단호하다. 이렇게도 써보고 저렇게도 써봐야 한다. 담백하게 쓰려고 노력해야 한다. 노력할수록 문장은 좋아지고 한층 더 좋은 글에 가까워진다. 마지막으로 '한 번'이다. 앞에서 배웠듯이 전혀 필요 없다. 빼버리자.

가족이 모여 아침을 먹는데 대화가 없다고 생각해 보라.

이 정도면 무난하다. 딱 할만 만 했다. 문장도 더 부드러워졌다. 이제 종합해서 정리하자.

같은 부서 직원뿐 아니라 다른 부서 간 협력도 중요하다. 갑작스러운 일이 생기면 부서 간 협력 없이 해결하기 어렵다. 자기 부서에 아무도 없을 때 일이 생겼다고 생각해보자. 혼자 해결하려다 호미로 막을 일을 가래로 막아야 한다. 경쟁도 좋지만, 협력이 우선이다. 경쟁이냐 협력이냐 잘 생각해 봐야 한다. 회의 시간에도 검토할 내용을 점검하되 다른 부서의 안건도 같이 봐야 한다. 쉬는 시간에도 같은 팀원끼리만 모이지 말고 다른 팀과도 함께 어울려야 한다. 가끔 보면 고집스러운 사람이 있다. 자기 팀에서 일어난 일을 꼭꼭 숨긴다. 그러지 말고 공유해야 한다. 가족이 모여 아침을 먹는데 대화가 없다고 생각해 보라. 그것만큼 불행한 일도 없다. 가족과 마찬가지로 회사도 의사소통이 가장 중요하다.

두 글의 차이가 뚜렷하게 드러난다. 군더더기 없이 담백하면서 분명하다. 어수룩한 글을 좋은 글로 바꾸는 일을 어렵게 생각하지 말자. 조금만 노력하면 얼마든지 가능하다.

글을 어수룩하게 하는 원인 하나를 더 짚고 가자. 예문을 보며 어떤 표현이 문제인지 알아보자.

어릴 때 한동네에 살던 형님이 있었다. 형님은 가게를 운영하고 있었다. 그 형님은 취급하지 않는 물건이 없을 정도로 많은 물건들을 팔고 있었다. 고향 생각이 날 때면 형님 가게를 찾아가곤 했다. 형님은 언제나 나를 반겨주셨다. 그래서 부담 없이 형님을 찾곤 했다. 형님과 이야기를 나누다 보면 옛 생각이 나서 좋았다. 형님은 흥이 나면 일찌감치 가게 문을 닫고 술상을 차렸다. 형님이 차려 준 술상은 깍두기에 단무지가 전부였지만 그것만으로도 충분했다. 형님과 술을 먹다 보면 어느새 날이 밝아왔다. 뒤늦은 잠을 청해보지만, 쉽게 잠들지 못했다.

어떤가? 글쓴이는 불안해서 하나하나 짚어줘야 한다고 생각한다. 독자는 어린아이가 아니다. 독자를 얕잡아 봐서는 안 된다. 물에 빠진 사람을 구하고 싶다면 튼튼한 밧줄 하나면 충분하다. 쓸데없이 많은 밧줄을 던져 혼란에 빠트려서는 안 된다. 이 글의 문제는 쓸데없는 주어의 반복이다.

형님은 가게를 운영하고 있었다.

제일 눈에 띄는 표현부터 고치자. '~고 있다'는 되도록 '~했다'로 고쳐라.

형님은 가게를 운영했다.

깔끔하다. 다음 문장을 보자.

그 형님은 취급하지 않는 물건이 없을 정도로 많은 물건들을 팔고 있었다.

어릴 때부터 알던 형님이 운영하는 가게를 설명하는 부분이다. 여기서 '그 형님'이란 표현은 쓸데없는 군더더기다. 앞에서 '형님'을 두 번이나 말했다. 그렇다면 가게가 누구 가게인지 모를 리 없다. 친절도 과하면 부담스럽다. 단어를 아껴라. '팔고 있었다' 역시 고쳐야 한다. '~고 있다'가 반복해서 나오는데 길이 생긴 탓이다. 다음으로 놓치면 안 되는 표현이 있다. 눈치챘으리라 생각한다. 그렇다. 바로 '물건들'이다. 앞에 '많은'이 나왔다. 굳이 '들'을 붙일 필요가 없다. 가차 없이 고쳐라.

취급하지 않는 물건이 없을 정도로 많은 물건을 팔았다.

어떤가? 전달에 아무 문제가 없다. 게다가 '~고 있다'를 연달아 써서 단조로웠던 표현이 '운영했다', '팔았다'로 다양해지면서 글의 리듬도 살아났다. 군더더기 없는 간결하고 경쾌한 문장이다.

고향 생각이 날 때면 형님 가게를 찾아가곤 했다.

'형님'이 또 등장했다. 초등학생을 상대로 쓴 글이라 해도 지나치다. 쓸데없으니 빼자.

고향 생각이 날 때면 가게를 찾아가곤 했다.

다음 문장을 보자.

형님은 언제나 나를 반겨주셨다.

길이 생기면 계속 지나간다. '형님'을 나타내지 않아도 누가 반겨주는지 모르는 사람은 없다. 빼야 한다.

언제나 나를 반겨주셨다.

다음으로 넘어가자.

그래서 부담 없이 형님을 찾곤 했다.

형님을 사랑하는 글쓴이의 심정을 모르는 바 아니나, 일기가 아니라면 독자를 생각해야 한다. '형님'은 군더더기다. '찾곤 했다' 역시 거슬린다. 앞 문장에 나온 '형님 가게를 찾아가곤 했다'의 '가곤 했다'와 겹쳐 글이 지루해졌다. 반복 표현은 반갑지 않은 손님이다. 표현을 바꿔야 한다.

그래서 부담 없이 찾아갔다.

'형님'을 빼고 '찾곤 했다'도 바꿨다. 간결하면서 움직임이 생겼다. 같은 표현을 반복하기보다는 다양한 표현을 쓰려고 해야 한다. 나머지 문장은 한꺼번에 고치자.

> 형님과 이야기를 나누다 보면.
>
> 형님이 차려 준.
>
> 형님과 술을 먹다 보면.

이 글에 등장하는 사람은 단둘뿐이다. 이야기를 나누는 사람도, 술상을 차린 사람도, 술을 함께 먹는 사람도 '형님'임을 다 안다. 모두 쓸데없는 군더더기다. 빼버려도 아무 문제 없다. 또한 '형님이 차려 준 술상은' 표현은 앞에서 이미 '술상을 차렸다'가 나오므로 중복이다. 통째로 빼도 문제없다. 종합해서 정리해보자.

> 어릴 때 한동네에 살던 형님이 있었다. 형님은 가게를 운영했다. 취급하지 않는 물건이 없을 정도로 많은 물건을 팔았다. 고향 생각이 날 때면 가게를 찾아가곤 했다. 언제나 나를 반겨주셨다. 그래서 부담 없이 찾아갔다. 이야기를 나누다 보면 옛 생각이 나서 좋았다. 형님은 흥이 나면 일찌감치 가게 문을 닫고 술상을 차렸다. 깍두기에 단무지가 전부였지만 그것만으로도 충분했다. 술을 먹다 보면 어느새 날이 밝아왔다. 뒤늦은 잠을 청해보지만, 쉽게 잠들지 못했다.

필요한 주어만 남기고 모두 버렸다. 이렇게 해도 이해 못 할 사람은 없다. 쓸데없이 '주어'를 반복해서 쓸 이유가 없다. 글만 늘어지고 읽는 사람만 불편하다. '나는', '그는', '우리'도 마찬가지다. 글 쓸 때마다 반복해서 쓴다. '나는 밥을 먹었다. 나는 운동을 했다. 그리고 나는 잠이 들었다' 아니면 '그가 사라졌다. 그를 쫓아갔다. 모퉁이를 돌자 그가 다시 나타났다. 그의 모습은 마치 괴물 같았다' 또는 '오늘 아침 우리 가족들과 이야기했어요. 우리 엄마는 음식 솜씨가 좋아요. 우리 아빠는 운동을 잘해요'처럼 자기도 모르게 '주어'나 '인칭대명사'를 반복해서 쓴다. 초보자가 많이 저지르는 실수다. 조심해야 한다. 꼭 필요할 때만 써라. 잘 모르겠다면 소리 내서 읽어보라.

아직 길을 만들지 않았다면 제대로 된 길을 만들자. 대학 총장처럼 느긋하게 살피며 최적의 길을 찾아야 한다. 이미 길이 나 있다면 옳은 길인지 아닌지 잘 살펴야 한다. 물리적 길은 고치기 어렵지만, 글은 얼마든지 기회가 있다. 그 기회를 놓쳐서는 안 된다.

죽었어? 살았어?

지금까지 줄곧 쓰지 말라는 말만 했다. 더는 하지 않겠다. 이 정도로 충분하다. 지금부터는 당신이 해야 할 일에 관해 이야기하겠다. 먼저 기준부터 세워야 한다. 좋은 문장이란 무엇인가? 살아 있는 문장이다. 글의 생동감은 단어 하나에서 나온다. 살아 움직이는 글을 쓰려면 그에 어울리는 단어를 잘 골라야 한다. 횟집을 가보면 너나 할 것 없이 '활어'라는 문구를 큼직하게 써서 걸어둔다. 왜 그럴까? 회 맛은 싱싱함이다. 싱싱하려면 살아 있어야 한다. 막 잡은 살아 있는 놈을 골라 회를 쳐야 좋은 맛이 난다. 글도 마찬가지다. 팔딱팔딱 뛰는 문장이어야 좋다.

또 어떤 문장이 좋은 문장일까? 예를 들어 보자. 이것저것 다양한 물건을 파는 잡화점이 서로 마주 보고 있다. A 잡화점과 B 잡화점은 모두 깨끗하고 깔끔하기로 유명하다. 그래서 찾는 사람이 많다. 그런데 A 잡화점에 사람이 훨씬 많이 몰린다. 왜 그럴까? 이유는 B 잡화점에 비해 물건이 두 배나 많기 때문이다. 같은 조건이라면 물건이 많은 A 잡화점이 유리하다. 글도 마찬가지다. 군더더기 없이 썼다고 다가 아니다. 당신과 경쟁하는 사람은 모두 담백하고 간결하게 쓴다. 독자를 끌어들이려면 다양한 표현으로 글을 써야 한다. 밋밋한 문장은 물건이 별로 없는 잡화점과 같다.

살아 움직이는 글과 다양한 표현을 쓸 줄 아는 사람이 독자를 끌어들인다. 명심하기 바란다. 예문을 보며 자세히 알아보자.

> 눈 내리는 어느 겨울, 하얀 눈을 밟으며 누님이 찾아왔다. 동생과 나는 누님의 보살핌 덕분에 잘 자랄 수 있었다. 오랜만에 찾아온 누님을 보자 동생은 울음을 터트렸다. 누님에게 했던 잘못이 떠올랐던 모양이다. 동생이여, 이제 슬픔을 거둬라. 저 멀리 실랑이를 벌이며 싸우는 사람들과 제지할 생각은 않고 구경만 하는 사람들이 보인다. 사람들 소음에 묻혀 울음소리 잦아드니 낙하하는 눈송이만 서글프다.

짧게 쓰려고 하다 보면 동사 대신 명사를 쓰는 버릇이 생긴다. 약은 몸 안에 병균을 없애지만, 너무 많이 먹으면 오히려 독이 된다. 마찬가지로 명사는 잘 쓰면 약이지만, 지나치면 독이 된다. 무엇이든 적당해야 한다. 빈대 잡으려고 초가삼간에 불을 질러서는 안 된다. 위 예문이 바로 그렇다. 어떤 부분이 그럴까? 곰곰이 생각해보기 바란다. 시간을 주겠다. 충분히 고민했다면 함께 알아보자.

동생과 나는 누님의 보살핌 덕분에 잘 자랄 수 있었다.

'보살핌'을 써서 짧게 표현하려 했지만 실패했다. 활력도 잃었다. 명사 '보살핌'은 정적이다. 움직임이 없다. 이 문장에 움직임을 주려면 어떻게 해야 할까? 동사로 바꿔야 한다. '동사'는 언제나 우리 편이다. '동사'를 쓰면 문장이 살고, 생동감이 넘친다. '~수 있다' 역시 쓸데없는 표현이다. 문장을 줄이려면 차라리 '~수 있다'를 빼야 했다. 이 문장은 쓸데없이 길어졌고, 움직임도 사라졌다. 죽은 문장을 살려보자.

동생과 나는 누님이 보살펴준 덕분에 잘 자랐다.

'보살핌' 대신에 '보살피다'형태로 바꾸고, '~수 있다' 표현을 단순하게 동사 '자랐다'로 바꾸니 생생한 문장으로 변했다. 길이도 줄었다. 어떤 부분을 살리고 어떤 부분을 없애야 하는지 고민해야 한다. 쉬지 말고 다듬는 훈련을 해야 한다. 다음 문장으로 넘어가자.

오랜만에 찾아온 누님을 보자 동생은 울음을 터트렸다.

여기서도 마찬가지다. '울음'은 명사다. 울음을 쓰려고 하니 터트렸다가 와야 한다. 한 걸음 더 나가고 말았다. 움직임도 사라졌고, 문장도 길어졌다. '울음'을 동사로 바꿔야 문장이 산다.

오랜만에 찾아온 누님을 보자 동생은 울었다.

동생의 우는 모습이 잘 드러난다. 눈에 잡힐 듯 글을 쓰려면 동사를 많이 써야 한다. 레오나르도 다빈치는 회화에서 움직임이 중요하다고 말했다. 살아 숨 쉬는 그림이야말로 진정한 예술이라고 생각했다. 그래서 레오나르도 다빈치는 사람을 만날 때면 움직임을 관찰했다. 지나가는 사람이나 여럿이 모여 떠드는 모습을 보면 그냥 지나치지 않고 모두 수첩에 적어두거나 재빨리 스케치했다. 2차원 그림에 3차원의 움직임을 드러내고자 했던 열망이 그를 최고의 화가로 만들었다. 글도 마찬가지다. 살아 숨 쉬는 글을 쓰려면 움직임을 드러내야 한다.

이제 슬픔을 거둬라.

액자에 갇힌 그림을 보는 듯하다. '슬픔'이 움직임을 앗아갔다. 현실 속 풍경은 시시각각 움직이며 변한다. 글에 움직임을 주자.

이제 슬퍼하지 마라.

눈물을 닦아주는 형의 모습이 떠오른다. 첫 문장과 비교하면 차이가 크다. 뒷짐을 진 체 무심하게 말하는 형은 사라졌다. 글은 움직여야 한다.

> 저 멀리 실랑이를 벌이며 싸우는 사람들과 제지할 생각은 않고 구경만 하는 사람들이 보인다.

두 군데가 거슬린다. 먼저 '실랑이'다. '실랑이'를 쓰니 한 발 더 나가야 했다. '벌이다'가 붙어 문장이 길어졌다. 움직임도 약해졌다. 게다가 뒤에 '싸우다'까지 썼다. 지나치게 멀리 갔다. '실랑이를 벌이며'와 '싸우다'는 중복이다. 다음은 '제지할'이다. 명사 또는 한자어에 '~하다'를 붙였는데 썩 좋은 표현이 아니다. 이에 대한 자세한 설명은 다시 하기로 하자. '명사형 + 하다'보다는 하나의 동사로 써야 움직임이 산다. 물론 문장도 짧아진다. 고쳐보자.

> 저 멀리 싸우는 사람들과 말리지 않고 구경만 하는 사람들이 보인다.

'싸우다'와 '말리다' 두 동사만으로 간결함과 움직임 모두를 얻었다. 생생함을 살리려면 복잡하게 쓰기보다는 간결하게 써야 한다.

> 사람들 소음에 묻혀 울음소리 잦아드니 낙하하는 눈송이만 서글프다.

마찬가지로 두 군데가 거슬린다. 먼저 '소음'이다. 명사를 쓰려는 충동이 좀처럼 수그러들지 않는다. '소음'이란 글자에 움직임은 없다. 문맥상 이 소음은 싸우는 사람들이 내는 소리다. 좀 더 생생하게 살려야 한다. '낙하하는'은 더 심각하다. 잘 쓰지 않는 '낙하'라는 말에 '~하다'를 붙였다. '~하다'를 붙인다고 해서 움직임이 사는 것은 아니다. 이 부분은 다시 설명하겠다. 두 부분을 고쳐보자.

> 시끄러운 소리에 울음소리 잦아드니 떨어지는 눈송이만 서글프다.

'시끄럽다'와 '떨어지다'로 바꿨다. 훨씬 더 자연스럽고 움직임도 뚜렷해졌다. 글에 생명력을 불어넣어야 한다. 동사만 잘 활용해도 좋은 글을 쓴다. 명심하기 바란다. 종합해서 정리하자.

> 눈 내리는 어느 겨울, 하얀 눈을 밟으며 누님이 찾아왔다. 동생과 나는 누님이 보살펴준 덕분에 잘 자랐다. 오랜만에 찾아온 누님을 보자 동생은 울었다. 누님에게 했던 잘못이 떠올랐던 모양이다. 동생이여, 이제 슬퍼하지 마라. 저 멀리 싸우는 사람들과 말리지 않고 구경만 하는 사람들이 보인다. 시끄러운 소리에 울음소리 잦아드니 떨어지는 눈송이만 서글프다.

이제 다른 문제를 살펴보자. '명사(한자어)'에 '~하다'를 붙여 쓰는 사람이 많다. 움직임만 놓고 보면 명사만 단독으로 쓰는 것보다 낫다. 하지만 생각 없이 쓰면 어수룩한 글이 된다. 또한, 다양한 표현을 가로막는다는 점도 문제다. 물건이 많아야 사람이 몰린다. 단조로운 표현은 아무리 정갈해도 매력이 없다. 왜 그런지 예문을 보며 알아보자.

> 병원은 높은 산에 위치했다. 길가에 예쁜 꽃이 오가는 사람들을 반겼다. 꽃집에 들렀다. 그 꽃집은 특히 예쁜 꽃을 많이 판매했다. 꽃을 사서 병원으로 향했다. 떨리는 마음으로 담당 의사를 방문했다. 환자의 상태는 양호하다고 말했다. 오늘 퇴원해도 괜찮다고 말해주었다. 나는 오열했다. 눈물이 한없이 흘러내렸다. 아내는 편안해 보였다. 우리는 뜨겁게 포옹했다. 아내는 씩씩하게 걸으며 건강함을 과시했다. 그런 아내가 자랑스러웠다. 아내는 병마와 싸워 승리했다.

대부분 '명사 +~했다'를 썼다. 그러다 보니 글이 단조롭고 움직임도 사라졌다. 굳이 쓰지 않아도 되는 한자어를 많이 썼다는 점도 문제다. 아쉬운 표현을 골라내면 이렇다. '위치했다', '판매했다', '향했다', '방문했다', '양호하다', '오열했다', '포옹했다', '과시했다', '승리했다' 단순히 '~하다'를 썼다고 해서 움직임이 생기는 것은 아니다. 답답한 글을 생동감 넘치게 바꿔보자.

병원은 높은 산에 있다. 길가에 예쁜 꽃이 오가는 사람들을 반겼다. 꽃집에 들렀다. 그 꽃집은 특히 예쁜 꽃을 많이 팔았다. 꽃을 사서 병원으로 갔다. 떨리는 마음으로 담당 의사를 만났다. 환자의 상태는 좋다고 말했다. 오늘 퇴원해도 괜찮다고 말해주었다. 나는 울었다. 눈물이 한없이 흘러내렸다. 아내는 편안해 보였다. 우리는 뜨겁게 껴안았다. 아내는 씩씩하게 걸으며 건강함을 뽐냈다. 그런 아내가 자랑스러웠다. 아내는 병마와 싸워 이겼다.

어떤가? 움직임이 살아났는가? '있다', '팔았다', '갔다', '만났다', '좋다', '울었다', '껴안았다', '뽐냈다', '이겼다'로 바꾸니 리듬감도 살고 발랄하다. 다양성을 해치는 표현을 멀리해야 한다. 다양한 표현을 쓰는 일은 글 쓰는 사람이 익혀야 할 중요한 기술이다.

편하다고 하나의 표현만 고집해서는 안 된다. 실력이 늘지 않는다. 문장도 싱거워진다. 독자를 잡아두기 어렵다. 예를 들어 보자. 흔히 쓰는 단어 가운데 '살피다'가 있다. 편해서 두루 쓰인다. 그런데 생각 없이 마구 쓰면 글이 단조로워진다. 상황에 따라 표현을 달리하는 습관을 길러야 한다. 예문을 보도록 하자.

잘 살펴서 일 처리를 해라.

주위를 잘 살펴라.

내가 살필 테니 너는 다른 일이나 신경 써라.

다음 문제를 살펴보자.

저쪽도 살펴보자.

'살피다'를 하나의 문장 혹은 하나의 글에 모두 썼다고 상상해보라. 얼마나 단조로울지 생각만 해도 지루하다. 이처럼 초보자는 다양한 상황에서 하나의 표현을 고집한다. 상황이 다르면 표현도 달리해야 한다. 그래야 좋은 글이다. 고쳐보자.

잘 생각해서 일 처리를 해라.

주위를 잘 봐라.

내가 할 테니 너는 다른 일이나 신경 써라.

다음 문제를 알아보자.

저쪽도 찾아보자.

'생각해서', '봐라', '할 테니', '알아보자', '찾아보자'로 다양하게 써야 한다. 짙은 화장처럼 미사여구를 덕지덕지 붙여야 화려한 글이 아니다. 같은 표현을 다양하게 쓰거나 동사를 활용하면 짙게 화장하지 않아도 얼마든지 아름다운 모습을 연출할 수 있다. 좋은 글을 쓰고 싶다면 연습장을 꺼내라. 한 장을 찢어라. 뜯어낸 종이에 펜을 들고 이렇게 적어라. '움직임을 생각하라. 다양하게 표현하라' 그리고 잘 보이는 곳에 붙여라. 살아있는 글은 마음을 움직인다. 좋은 글은 독자의 마음을 사로잡는 글이다.

단어! 단어! 단어!

단어 선택은 글쓰기의 핵심이다. 쉽고 간결한 글쓰기의 첫 걸음이다. 글의 목적은 전달이다. 어려운 단어를 써서 글 읽는 사람에 따라 해석이 달라진다면 그 글은 좋은 글이 아니다. 어려운 단어를 쓰면 문장이 길어진다. 부연 설명이 뒤따르기 때문이다. 이렇게 덕지덕지 붙이다 보면 글이 산으로 간다. 무슨 말을 하는지 불명확한 글을 읽어줄 독자는 없다.

쉬운 단어를 골라 쓰는 일은 쉽지 않다. 학자나 정치인에게 쉬운 단어로 글을 쓰라고 하면 더 못쓴다. 쉬운 단어일수록 더 많이 공부해야 한다. 아는 단어가 많은 사람은 쉬운 단어로 풍부하게 표현할 줄 안다.

책을 많이 읽고, 단어 수집을 열심히 해야 한다. 어려운 단어가 있어 보인다는 이유로 일부러 어려운 단어를 골라 쓰는 사람도 있다. 어처구니없는 일이다. 단어에 중독되면 답이 없다. 단어 하나만을 위해 문장을 쓰는 일도 벌어진다. 목적과 수단을 착각하는 사람이 있다. 그래서 수단을 목적으로 생각한다. 글의 목적은 화려한 단어를 쓰기 위함이 아니다. 글을 쓰는 이유는 내가 아는 정보를 정확하고, 논리적으로 전달하기 위해서다. 그러려면 쉽게 써야 한다. 자기만족 때문에 글을 쓰려고 한다면 열쇠 달린 일기장을 사라. 마음대로 써라. 다 썼으면 열쇠로 꼭 잠가둬라.

글을 쓰다 보면 나도 모르게 단어의 매력에 빠진다. 누구나 그렇다. 더 쉬운 단어가 있어도 포기하고 싶지 않을 때가 있다. 그럴 때는 일단 써라. 그 순간만큼은 누구도 말리지 못한다. 대신에 시간을 두고 반드시 다시 읽어야 한다.

글을 쓸 때는 단어가 들어간 문장만 본다. 시야가 좁다. 하지만 다시 검토할 때는 처음부터 읽는다. 문장 전체의 흐름을 파악하며 읽어 나가므로 튀어나온 못은 금세 눈에 띈다. 그때 가서 고쳐야 한다. 글은 붙이는 작업이 아니라 깎고 다듬는 작업이다. 여러 번 읽으면 읽을수록 글은 더 빛난다. 쉽게 쓰기 바란다. 쉬운 단어를 사용하는 일은 선택이 아닌 필수다.

낭비하면 안 되는 것이 있다. 물이나 돈이 그렇다. 하지만 글도 마찬가지다. 어려운 단어는 생각의 낭비다. 단어에 생각을 빼앗겨서는 안 된다. 생각은 물 흐르듯 흘러야 한다. 어려운 단어는 독자의 시간도 빼앗는다. 단어의 의미에 주의를 빼앗기면 전체 내용을 이해하는데 많은 시간이 걸린다.

물리학자 하면 누구나 떠올리는 인물이 있다. 그렇다. 알베르트 아인슈타인이다. 아인슈타인은 복잡한 물리학의 세계를 최대한 쉽게 써서 발표하려고 노력했다. 그가 쓴 논문에 등장하는 수학은 고등학교 수준이었고 너무나 유명한 $E=MC^2$ 공식이 실린 논문은 단 세 페이지였다. 또한, 아인슈타인은 상대성 이론을 일반 독자들도 쉽게 이해하도록 책으로 만들었다. 이 책은 오늘날에도 널리 읽힌다.

아인슈타인은 자기가 발견한 이론이 구체적이고, 쉽게 받아들여질 때까지 연구를 게을리하지 않았다. 가능한 한 이해하기 쉬운 용어와 수학 공식을 썼다. 과학저술가 데니스 오버바이는 아인슈타인의 논문에 대해 "논문은 전체가 간단한 언어로 심오한 의미를 담고 있다"고 말했다.

쉬운 단어를 쓰려면 내용을 완벽하게 이해하고 글을 써야 한다. 어설픈 지식으로 글을 쓰면 단어 선택도 어설퍼진다. 정확하고 쉬운 단어를 쓰는 일은 내가 전달하고자 하는 바를 가장 잘 전달하는 유일한 방법이다.

올바른 글쓰기 문화에 한평생을 바친 고 장하늘 선생은 쉬운 문장을 쓰려면 어휘 선택에 신중해야 한다고 말하면서 그 기준을 다음과 같이 정리해 두었다.

첫째, 한자어를 최대한 없애라.

둘째, 외래어나 전문용어를 쓰지 마라.

셋째, 생소한 단어를 쓰지 마라.

넷째, 사전을 뒤지지 않아도 되는 단어를 써라.

다섯째, 한 번 읽어서 얼른 이해될 단어를 써라.

예문을 보면서 하나하나 알아보자.

오랜만에 우리는 정담을 나눴다.

저 사람의 저의를 모르겠다.

사달이 날 줄 알았다.

괄목할 만한 성장이 예상된다.

가볍게 목례만 하고 헤어졌다.

차들이 도열해 있었다.

회사는 사직서를 반려했다.

시청자의 빈축을 샀다.

어렵게 고본을 구할 수 있었다.

한자어가 문장을 어지럽힌다. 많이 쓰지 않는 단어들이다. 어려운 한자어를 쓰지 않아도 의미 전달에 문제가 없다면 쓰지 말아야 한다. 아름다운 우리말이 얼마든지 있다. 누구나 쉽게 이해하도록 바꿔보자.

오랜만에 우리는 즐겁게 이야기했다.

저 사람의 속마음을 모르겠다.

사고가 날 줄 알았다.

놀라운 성장이 예상된다.

가볍게 눈인사만 하고 헤어졌다.

차들이 늘어서 있었다.

회사는 사직서를 되돌려 보냈다.

시청자의 눈살을 찌푸리게 했다.

어렵게 오래된 책을 구할 수 있었다.

'정담'을 '즐거운 이야기'로, '저의'를 '속마음'으로, '사단'을 '일'로, '괄목'을 '놀라운'으로, '목례'를 '눈인사'로, '도열'을 '늘어서'로, '반려'를 '되돌려'로 '빈축'을 '눈살을 찌푸리게'로 '고본'을 '오래된 책'으로 고쳤다. 어려운 글이 있는가? 초등학생이 읽어도 전혀 문제없다. 우리말을 놔두고 어려운 한자어를 쓰는 일은 지름길을 놔두고 멀리 돌아가는 것과 같다. 단어는 쉽게 써야 한다. 한 번에 이해하도록 써야 한다. 다음으로 넘어가자.

여행객 예약 러시로 방이 다 찼다.

매스미디어의 발달로 의견이 다양해졌다.

스트레스 때문에 일이 손에 잡히지 않는다.

지금 조크나 할 때가 아니야.

오늘의 패널을 소개합니다.

다양한 어드바이스를 귀담아들어야 한다.

서포트해 줄 사람을 구해야 한다.

판단 미스로 중요한 계약을 놓쳤다.

말할 때 영어를 섞어 쓰는 사람을 보면 왠지 거북하다. 물론 외국에 오래 살았거나 외국에서 태어나 한국어가 서툰 사람은 예외다. 하지만 외국에 전혀 가본 적 없는 한국 사람이 말할 때마다 영어를 섞어 쓴다면 보기 좋을 리 없다. 영어를 쓴다고 해서 있어 보이지도, 멋지지도 않다. 가장 멋지고, 있어 보이는 사람은 한국말로 또박또박 말하는 사람이다. 글이라면 더 그렇다. 글은 불특정 다수와의 소통이다. 어떤 사람이 내 글을 읽을지 모른다. 그렇다면 누구나 이해하도록 쉬운 우리말로 써야 한다. 외래어는 '코카콜라', '맥도날드'처럼 우리말로 바꿀 수 없을 때만 최소한으로 써야 한다. 예문을 한국말로 고쳐보자.

여행객이 한꺼번에 몰리는 바람에 방이 다 찼다.

대중매체의 발달로 의견이 다양해졌다.

걱정 때문에 일이 손에 잡히지 않는다.

지금 농담이나 할 때가 아니야.

오늘의 출연자를 소개합니다.

다양한 충고를 귀담아들어야 한다.

도와줄 사람을 구해야 한다.

판단을 잘못해서 중요한 계약을 놓쳤다.

어떤가? 훨씬 읽기 편해졌다. 쉬운 한국말을 두고 어려운 외국어를 쓸 이유가 없다. 갓 쓰고 스테이크를 먹는다고 해서 뭐라 할 사람은 없지만, 어색하고 불편해 보인다. 누가 봐도 어울리지 않는다. 조금만 신경 쓰면 어색할 일도, 불편할 일도 없다. 다음으로 넘어가자.

선납금을 내셔야 합니다.

법원은 구속영장 신청을 기각했다.

인장강도가 약하다.

벌채를 해서는 안 됩니다.

공무원들은 모두 제설작업을 하러 나갔다.

주민을 위한 새로운 단체를 출범시켰다.

유가가 너무 올라 경제가 어렵다.

보고서 포맷을 통일해 주세요.

데모도가 없어 일하기 어렵다.

전문용어는 말 그대로 특정 분야에만 쓰는 용어다. 누구나 알기 쉬운 글이 좋은 글이라면 전문용어야말로 가장 멀리해야 한다. 병원에 가서 진료를 받고 나면 의사가 그 내용을 정리해서 간호사에게 준다. 몇 번 본 적이 있는데 도대체 무슨 말인지 이해하기 어려웠다. 물론 의사가 알기 쉽게 설명해 주니 굳이 알려고 하지 않아도 된다. 그런데 만약 이 과정이 없다면 어떻게 될까? 환자는 자기가 무슨 병에 걸렸는지 영원히 알 길이 없다. 글은 어떨까? 의사를 찾아가듯 글쓴이를 찾아가서 글을 읽는 사람은 없다. 전문용어나 모르는 단어가 나오면 자기가 직접 찾아야 한다. 그런 수고로움을 감수하면서까지 글을 읽어 줄 사람은 없다. 비슷한 내용을 더 쉽게 쓴 책이나 글은 얼마든지 있다. 더구나 전문용어는 아름다운 우리말보다 외래어가 대부분이다. 그래서 더더욱 피해야 한다. 예문을 알기 쉽도록 고쳐보자.

일정 금액을 미리 내셔야 합니다.

법원은 구속영장 신청을 거절했다.

늘어나는 힘이 약하다.

나무를 베어서는 안 됩니다.

공무원들은 모두 눈을 치우러 나갔다.

주민을 위한 새로운 단체를 만들었다.

기름값이 너무 올라 경제가 어렵다.

보고서 작성법을 통일해 주세요.

도와주는 사람이 없어 일하기 어렵다.

어려운 단어는 없다. 술술 읽힌다. 더 부드러워졌으며, 더 생생해졌다. 지식 자랑은 글로 할 게 아니라 행동으로 해야 한다. 좋은 글을 쓰는 사람은 어려운 단어로 독자를 힘들게 하는 사람이 아니라 어려운 내용을 쉽게 써서 독자를 구해주는 사람이다. 다음 문장을 보자.

어디선가 호랑이가 갑툭튀했다.

이 식당은 맛이 넘사벽이다.

주택으로 닥돌한 승용차.

저 선수는 듣보잡이니 신경 쓰지 마라.

솔까말 이제는 학력보다 재능이 먼저다.

열폭하지 마세요.

이런 일이 벌어지다니 흠좀무네요.

신조어를 만들어 쓰는 일이 유행처럼 번지고 있다. 전문용어가 특정 분야의 사람만 쓰고, 이해하기 어렵다면 신조어 역시 똑같은 문제를 안고 있다. 신조어는 대부분 준말이다. 축약어다. 이런 말은 쓰지 말아야 한다. 영어는 알파벳을 쓰는 언어다. 알파벳은 조합이 아닌 이어 쓰는 문자다. 길이에 민감하다. 그래서 축약해서 쓰는 일이 많다. 오랫동안 이어져 내려온 전통이다. 또한, 한자어와 비슷하게 단어 하나에 뜻이 담겨 있어 축약해도 큰 문제가 없다. 하지만 우리말은 다르다. 우리말은 조합형 문자다. 줄여 쓰면 뜻을 이해하기 어렵다. 영어로 'understand?'라고 하면 그대로 뜻이 통한다. 그런데 우리말로 "이해?"라고 하면 뜻이 통하지 않는다. "이해하지?"라고 해야 뜻이 통한다.

어느 날 갑자기 영어처럼 말을 줄여 쓰는 버릇이 생기더니 이제는 방송에서도 아무 거리낌 없이 쓴다. 말은 그렇다 쳐도 글은 완전한 문장으로 써야 한다. 블로그에 쓰는 글 역시 예외는 아니다. 아무리 단순한 글이라도 마찬가지다. 고 장하늘 선생이 말한 '생소한 단어를 쓰지 마라'가 여기에 해당한다. 글을 쓸 때는 책임의식을 가져야 한다. 그래야 신중한 글을 쓰고, 한 자 한 자 심혈을 기울인다. 비속어, 줄임말, 생소한 단어는 글의 본질과 맞지 않을뿐더러 글의 품격도 떨어뜨린다. 진정성 없는 글을 시간 내서 읽어 줄 사람은 없다. 예문을 올바른 문장으로 바꿔보자.

어디선가 호랑이가 갑자기 나타났다.

이 식당은 맛이 뛰어나다.

주택으로 돌진한 승용차"

저 선수는 별거 아니니 신경 쓰지 마라.

솔직히 말해서 이제는 학력보다 재능이 먼저다.

흥분하지 마세요.

이런 일이 벌어지다니 무섭군요.

책을 많이 읽어라. 좋은 문장이나 글을 많이 섭취해야 한다. 적절한 단어 선택은 글이 전하려는 바를 뚜렷하게 해준다. 적절한 단어 선택이란 외래어 사용을 자제하고, 전문용어를 피하고, 비속어를 쓰지 않는 것이다. 이 정도만 해도 문장이 깨끗해진다. 꾸준히 연습하기 바란다.

어때 우리말이 좋지?

오랜 세월 우리글은 외래어에 밀려 천덕꾸러기 신세였다. 몸에 맞는 옷을 입기보다는 옷에 몸을 맞추어 입었다. 몸에 맞지 않는 옷을 입고 살아왔지만, 그 사실을 알지 못했다. 그렇게 우리글은 서서히 사라졌다. 몸에 맞지 않아도 때깔만 좋으면 그만이라고 생각하는 사람도 있다. 착각해서는 안 된다. 몸에 잘 맞는 옷은 평범해도 보기 좋다. 몸에 맞지 않는 옷은 아무리 화려해도 볼품없고, 불편하다.

번역 투와 일본식 한자어는 말할 것도 없고 중국식 한자어 역시 우리에게 적합하지 않다. 여기서 벗어나려면 어떻게 해야 할까? 쉽지 않은 일이다. 너무 오래 써왔고 대신할 표현을 찾으려 하지 않았고, 고급 옷으로 착각하며 살아온 시간의 무게가 우리를 짓눌렀다.

세종대왕이 반대를 무릅쓰고 한글 창제를 밀어붙인 이유는 제 뜻을 올바로 펼치지 못하는 백성 때문이었다. 말을 글로 표현하려고 만든 것이 문자다. 우리말을 글로 옮길 때 쓰는 한자는 중국 말을 표현하려고 만든 문자다. 우리말과 중국 말이 다른데 어떻게 문자 하나로 같이 쓴단 말인가. 요즘 들어 90% 이상 한자를 썼던 신문에서 한자가 사라졌다. 다행스러운 일이다. 하지만 이 역시 한자를 한글 발음으로 바꾼 것에 지나지 않는다.

일본은 우리에게 씻기 힘든 상처를 주고 떠났다. 그들이 짓밟았던 세월만큼이나 많은 쓰레기를 남겼다. 일본이 남긴 쓰레기를 치우려고 오랜 시간 노력했다. 덕분에 일본식 표현도 많이 줄었다. 바람직한 일이다. 하지만 여기에도 문제는 있다. 일본식 표현을 순화하는 노력에 우리글은 없었다. 일본식 한자어를 중국식 한자어로 바꾸는 일이 진정한 우리글 살리기인지 묻고 싶다.

일본식 한자어를 중국식 한자어로 고치는 수준에 그치지 말고 순수한 우리말로 고치는 연습을 해야 한다. 몇 가지 예를 들어 보자. '망년회'는 일본식 표현이다. 순화용어는 '송년회'다. '잔고'역시 마찬가지다. 순화용어는 '잔액'이다. '불입금'의 순화용어는 '납입금'이다. 일본식 한자어를 중국식 한자어로 바꾼 것에 불과하다.

우리글은 '단어' 하나로 만들어지지 않는다. 전체 문장으로 완성해야 뜻이 통한다. 그러므로 단어 하나로 전체 문장이 흐트러지게 해서는 안 된다. 누구나 이해하기 쉽고 물 흐르듯 자연스러운 움직임이 살아나도록 하려면 단어는 있는 듯 없는 듯해야 한다. 단어에 담긴 뜻을 모르면 알기 어려운 한자어로는 자연스러운 움직임을 살리기 어렵다.

망년회든 송년회든 잔고든 잔액이든 불입금이든 납입금이든 한자의 뜻을 이해하지 못하면 어렵기는 마찬가지다. 이런 단어는 아예 쓰지 말아야 한다. 글은 이해하기 쉽게 써야 한다. '송년회'는 '마무리하는 모임'으로 쓰고, 잔액은 '남아 있는 돈'이나 '남은 돈'으로 쓰자. '납입금'은 '낸 돈'이라고 하면 어떨까? 단어가 문장의 흐름을 막지 않아서 좋다.

물론 모든 한자어를 이런 식으로 바꾸기는 어렵다. 그러나 노력해야 한다. 한눈에 봐도 어색한 표현이나 우리말로 얼마든지 대체 가능한 표현은 놓치지 말고 고쳐야 한다. 이 작업이 쉬운 일은 아니다. 글 쓰는 사람 모두가 겪는 어려움이다. 그래도 고치려고 노력해야 한다. 고치려는 생각조차 하지 않는 사람과, 생각만 하고 고치지 않는 사람과, 고치려고 노력하는 사람의 차이는 하늘과 땅 차이다.

좋은 글을 쓰고 싶다면 아름다운 우리글로 표현하려고 노력해야 한다. 예문을 보며 직접 고쳐보자. 반드시 먼저 고쳐본 다음 내가 고친 문장을 봐야 한다. 모르는 단어는 사전을 찾아도 좋다. 우리말로 물 흐르듯 자연스럽게 고쳐보라.

독자적으로 행동하지 마라.

마땅한 장소가 없어서 회의가 무산되었다.

익일 아침부터 시작하자.

좋은 일 하고 돈까지 벌고 금상첨화다.

삼삼오오 모여 회의를 하고 있었다.

사람은 일관되게 행동해야 한다.

당신의 진면목을 보여 주세요.

예측불허의 일이 발생하여 가지 못했다.

골대 앞에서 혼전 양상이 벌어졌다.

엄폐하기 좋은 장소를 찾아라.

누구도 소외시켜서는 안 된다.

어떤 의견이든 묵살해서는 안 된다.

남의 말을 자의적으로 해석하면 안 된다.

그는 재빨리 증거를 소각했다.

전봇대에 광고 전단을 부착하지 마세요.

여기는 흡연 금지 구역입니다.

앞으로 어떻게 될지 미지수다.

물건을 잘 정렬해 놓아야 한다.

매년 힘든 일을 겪는다.

시간이 많이 경과했다.

취침 시 불을 꼭 꺼야 한다.

출생지는 서울입니다.

남의 물건을 임의로 가져가면 안 됩니다.

유리를 운반할 때는 조심해야 한다.

과격한 행동은 하지 말아 주세요.

약 먹을 때 술은 금기시해야 합니다.

이력서도 첨부해서 제출해 주세요.

대부분 많이 쓰는 표현이다. 마땅히 대체할 단어가 없다면 그대로 써라. 그렇지 않다면 고치려고 노력해야 한다. 고쳐보았는가? 다 고쳤으면 내가 고친 문장과 비교해 보자. 내가 고친 문장도 정답은 아니다. 더 좋은 표현을 쓰려고 노력하고 연구해야 한다. 노력하다 보면 좋은 표현을 찾는다. 그때 기분은 무엇과도 바꿀 수 없다.

혼자 행동하지 마라.

마땅한 장소가 없어서 회의를 하지 못했다.

다음 날 아침부터 시작하자.

좋은 일 하고 돈까지 벌고 너무 좋다.

여럿이 모여 회의를 하고 있었다.

사람은 한결같아야 한다.

당신의 참모습을 보여주세요.

갑작스러운 일이 생겨 가지 못했다.

골대 앞에서 어지럽게 뒤섞였다.

숨기 좋은 장소를 찾아라.

누구도 따돌려서는 안 된다.

어떤 의견이든 귀담아들어야 한다.

남의 말을 제멋대로 해석하면 안 된다.

그는 재빨리 증거를 없앴다.

전봇대에 광고 전단을 붙이지 마세요.

여기서 담배를 피우면 안 됩니다.

앞으로 어떻게 될지 모른다.

물건을 가지런히 놓아야 한다.

해마다 힘든 일을 겪는다.

많은 시간이 지났다.

잘 때는 불을 꼭 꺼야 한다.

태어난 곳은 서울입니다.

남의 물건을 마음대로 가져가면 안 됩니다.

유리를 나를 때는 조심해야 한다.

지나친 행동은 하지 말아 주세요.

약 먹을 때 술을 마셔서는 안 됩니다.

이력서도 함께 내야 합니다.

우리말로 바꾸면 자연스러운 움직임이 생긴다. 느껴보기 바란다. 이 느낌을 알아야 좋은 글을 쓴다. 한자어는 단어 안에 뜻이 숨어 있어 제대로 뜻이 전해지려면 한자 공부를 따로 해야 한다. 글 읽는 데 걸림돌로 작용한다. 독자를 불편하게 하는 글은 좋은 글이 아니다.

한국 음식이 한국 사람에게 맞듯이 우리말로 써야 우리 정서에 맞다. 생생한 우리말 쓰기 연습을 하기 바란다. 따로 시간을 내서 공부하지 않아도 된다. 책 읽을 때 눈에 띄는 한자어가 보이면 지나치지 말고 고치는 연습을 해라. 어떤 책이든 좋다. 지금 읽는 책이 교과서라고 생각하라. 연습만이 좋은 글로 가는 유일한 지름길이다.

실전 연습
5문항

지금까지 열심히 따라와 줘서 고맙다. 모든 학문이 그렇듯이 이론만 배워서는 소용없다. 실전에 강해야 한다. 당신의 글을 누가 대신 써주지 않는다. 글을 쓸 때마다 이 책을 펼쳐야 한다면 실망이다. 완전히 자기 것으로 만들어야 한다. 이 책을 쓴 이유다. 그렇다면 어떻게 해야 할까? 꾸준히 연습해야 한다.

총 5개의 글을 문제로 냈다. 이 예문 역시 내가 만든 순수 창작이다. 블로그를 보며 많은 사람이 가장 많이 저지르는 잘못된 글쓰기 습관을 골라 글을 지었다. 이제부터 직접 고쳐보기 바란다. 제일 뒤에 내가 고친 글을 실었다. 자기가 고친 글과 어떻게 다른지 비교해 보기 바란다. 다시 말하지만, 정답은 없다. 내가 고친 글이 백 퍼센트 정답이 아니라는 얘기다. 더 좋은 문장을 짓고, 더 좋은 표현을 쓰려고 노력해야 한다. 내 역할은 목적지까지 함께 가는 것이 아니라 잘못된 길로 빠지지 않도록 길 안내를 하는 데 있다.

블로그를 보면 연습할 글이 넘친다. 블로그가 바로 문제집이다. 자기를 시험할 기회가 가까이 있다. 그것도 공짜로 말이다. 놓치지 마라. 여기서 내준 문제 말고도 매일 블로그를 보며 고치는 연습을 하기 바란다. 문장력을 키우는 지름길이다. 그럼 문제를 풀어보자.

실전 연습 문제 1

지난날을 한 번 돌아보고 마음을 가다듬기 위해 산에 올랐다. 몸이 많이 약해져서 그런지 무척 힘들었다. 1년 전까지 매주마다 산에 갔는데 요즘은 바빠서 그러지 못했다. 내 몸은 내가 가진 것 중에서 가장 소중한 것이다. 그동안 너무 소홀한 것 아닌가 하는 생각이 든다. 뭔가를 제대로 해보지도 못하고 보낸 1년의 허송세월이 아까웠다. 올해는 앞만 보지 말고 주변도 살필 수 있는 여유를 가져야겠다. 산에서 내려오다 다람쥐가 도토리를 먹고 있는 장면을 목격했다. 너무 귀여워 사진촬영을 했다. 아들에게 보여줘야 할 것 같다. 산 아래 나무 벤치에 앉아 기다리고 있던 와이프가 나를 보며 손을 흔들었다. 우리는 두 손을 꼭 잡고 집으로 향했다.

고쳐 써보기

실전 연습 문제 2

성공이란 무엇일까요? 성공을 위해 어떤 조건이 충족되어야 하는지에 대해 알아보도록 하겠습니다. 성공은 결코 쉽게 다가오지 않습니다. 부단한 노력을 기울여야 합니다. 하지만 아무리 노력해도 뛰어넘을 수 없는 것이 있습니다. 그것은 바로 시간입니다. 돈을 아무리 많이 갖고 있어도, 아무리 뛰어난 재능을 갖고 있어도 시간을 이길 수는 없습니다. 그렇다면 어떻게 해야 할까요? 내게 주어진 시간을 잘 활용해야 합니다. 맥락 없이 중구난방으로 써서는 안 됩니다. 계획적인 생활을 해야 합니다. 게으름에 빠져 있어서도 안 됩니다. 부지런히 움직여야 합니다. 시간을 지배하지 못하는 사람은 결과적으로 실패자가 되었습니다. 시간은 멈춰있지 않습니다. 계속적으로 흘러갑니다. 소파에 누워서 TV만 보면서 하루를 보내는 사람에게 성공은 찾아오지 않습니다. 오늘부터 어떻게 해야 시간을 잘 쓸 수 있을지를 고민해 보시기 바랍니다.

고쳐 써보기

실전 연습 문제 3

노인은 사람들이 많이 모여 있는 광장 옆을 지나고 있었다. 이야기를 하던 몇몇 사람이 노인을 쳐다보았다. 그는 조용하고 적당히 그늘진 벤치에 앉았다. 어디서 부상을 입었는지 한 손을 부자연스럽게 떨고 있었다. 노인은 주머니 속에서 사진 한 장을 꺼냈다. 어여쁜 소녀가 활짝 웃고 있는 사진이었다. 젊은 시절 노인은 열심히 일을 했다. 하지만 가난을 벗어날 수는 없었다. 아내마저 사망하자 어린 딸을 혼자 키워야 했다. 그는 지쳐 갔다. 그는 삶을 포기할 수도 있었다. 하지만 그는 악착같이 버텼다. 어린 딸 때문이었다. 딸에게 좋은 아빠가 되기 위해 노인은 노력했다. 그러던 어느 날 불행이 닥쳐왔다. 믿었던 친구로부터 사기를 당했다. 이름을 빌려준 것이 화근이었다. 친구는 그의 이름을 빌려 사채를 썼고 이후 자취를 감춰버리고 말았다. 노인은 술로 하루하루를 보냈다. 보다 못한 여동생이 찾아와 딸을 데리고 갔다. 그나마 다행스런 일이었다. 얼마 후 정신을 차린 노인은 동생이 빌려준 돈으로 가게를 시작했다. 하지만 운은 결코 노인의 편이 아니었다. 장사가 잘 되자 노인은 노름에 빠지게 되었다. 번 돈을 모두 탕진하고 거리로 내몰렸다. 그렇게 딸과 동생과도 모든 연락이 끊기게 된 것이었다. 그는 혼자가 되었다. 그를 도와줄 사람은 아무도 없었다. 들고 있던 사진 위로 눈물이 떨어졌다. 웃고 있는 딸을 보며 노인은 울고 또 울었다. 사진을 주머니에 다시 넣은 노인은 하늘 위를 올려다보았다. 파란 하늘과 흰 구름이 한없이 평화로워 보였다.

고쳐 써보기

실전 연습 문제 4

나는 내 마음을 솔직하게 표현하지 못하는 성격이었다. 소심해서 잘할 수 있는 일도 별로 없었다. 이렇게 살아서는 안 되는 것 아닌가 하는 생각도 많이 했다. 그래서 운동을 하기로 결심했다. 그리고 생각도 바꾸기로 했다. 하지만 뜻대로 잘되지 않았다. 그러나 포기하지 않았다. 여기서 포기하면 아무것도 이룰 수 없을 것 같았다. 몇 달이 지나자 조금씩 자신감이 생기기 시작했다. 다른 사람은 사실 내게 별 관심이 없다. 내가 그렇게 느꼈을 뿐이다. 이제는 자신 있게 행동할 수 있을 것 같다. 그리고 표현도 더 잘할 수 있다는 자신감이 생겼다. 그래서 적극적으로 사람들을 만나려고 한다. 그러나 중요한 것은 꾸준해야 한다는 것이다. 그러므로 계속해서 노력을 해야 한다.

고쳐 써보기

실전 연습 문제 5

영화 〈대부〉는 마피아들 간의 치열한 권력 다툼과 가족들 간의 끈끈한 우정과 배신 그리고 음모를 뛰어난 영상으로 담아낸 세계 최고의 영화이자 소설가 마리오 푸조의 원작 소설을 기반으로 제작된 영화다. 40대가 된 말론 브랜도의 성숙한 연기도 일품이며, 알 파치노 그리고 로버트 드니로의 신인 시절 모습을 볼 수 있는 것도 또 다른 즐거움이다. 총 3편으로 제작된 영화 〈대부〉는 아카데미 시상식에서 작품상, 감독상, 남우주연상, 남우조연상, 각색상, 음악상 등을 비롯한 대부분의 상을 수상했으며, 알파치노와 로버트 드니로는 〈대부〉를 통해 스타의 반열에 등극했고 몇몇 조연들도 〈대부〉 이후 은막의 주요인물로 발돋움했다. 프랜시스 포드 코폴라 감독은 이 영화로 할리우드 최고의 감독이 되었으며 이후 〈지옥의 묵시록〉과 같은 무게감 있는 영화를 제작하기도 했다. 〈대부〉는 영화 사상 가장 훌륭한 영화로 기억될 것이며 앞으로도 이러한 평가는 변함이 없이 유지될 것 같다.

고쳐 써보기

책 출간 후 강의에서 위 5개의 문장을 공부할 예정이다. 이 책을 잘 이해했다면 어렵지 않겠지만, 보충 설명을 원한다면 강의를 들으러 오라. 언제든 환영이다.

마지막으로 책을 시작할 때 써보라고 했던 글을 꺼내기 바란다. 지금까지 배운 것을 적용해 빼고 고쳐라. 원본에 직접 고치지 말고 따로 적어라. 다 고쳤으면 두 글을 비교하라. 문장이 얼마나 바뀌었는지 직접 느껴야 한다.

좋은 글을 쓰는 방법은 이 밖에도 많다. 모든 방법을 짧은 책에 담기란 어렵다. 여기 나오는 내용만 자기 것으로 만들어도 충분하다고 믿는다. 당신의 어수룩한 문장이 멋진 문장으로 탈바꿈하는 날이 빨리 오기를 기대한다.

글감 모으기 편

들어가기에 앞서

책을 쓰든, 글을 쓰든 주제를 정하고, 소재를 찾는 일이 제일 처음 해야 할 일이다. 글의 틀을 잡아가는 과정이다. 이 과정 없이 글을 쓸 수 없다. 마음껏 상상의 나래를 펼치며 자료를 찾고 준비하는 순간만큼 신나고 가슴 뛰는 일도 없다. 아무도 생각하지 못한 영감이 떠올랐을 때 그 기쁨은 말로 표현하기 어렵다. 글로 써 내기만 하면 베스트셀러가 될 것만 같다. 내 생각, 내가 쓰고자 하는 주제에 자신이 있어야 한다. 그래야 주저하지 않고 자유롭게 쓴다. 그래서 글쓰기에 관한 책 대부분은 이 과정이 책의 첫머리에 나온다. 그런데 이렇게 중요한 과정을 왜 나는 뒤에 두었을까?

내가 이 과정을 뒤에 둔 이유는 이렇다. 사람은 누구도 생각하지 못한 훌륭한 주제만 있으면 글은 어떻게든 될 거로 생각한다. 천만의 말씀이다. 아무리 좋은 계획이 있어도 글로 제대로 풀어내지 못하면 아무 소용 없다. 그런 글은 실패할 확률이 높다. 전설의 복서 마이크 타이슨은 이렇게 말했다. "모두들 그럴싸한 계획을 갖고 있다. 링 위에 오르기 전까지는"

처음 강의할 때가 생각난다. 가슴이 뛰었다. 강의안은 누가 보더라도 훌륭했다. 자신이 넘쳤다. 당장에라도 강연장으로 달려가고 싶을 정도였다. 그런데 당일 날 강의는 생각처럼 되지 않았다. 머릿속 생각을 논리 정연하게 펼치지 못했다. 너무 긴장한 탓에 생각을 제대로 전달하지 못했다. 중요한 부분을 까먹기도 하고, 어떤 내용은 아예 통째로 빼먹었다. 내가 생각했던 강의와 180도 다른 방향으로 흘러갔다. 조금 더 연습했더라면, 확실하게 준비했더라면 분명 더 좋은 강의를 했을 텐데 강의 내용에만 집착하는 바람에 가장 중요한 부분을 소홀히 하고 말았다.

그날 이후 나는 강의 내용보다 어떻게 하면 제대로 전달할까 고민했다. 연습만이 유일한 길이었다. 아내를 앉혀놓고 수없이 연습했다. 이렇게 하다 보니 강의가 편해졌다. 주제를 너무 깊게 생각하기보다는 큰 틀에서 굵직한 내용만 기억하려고 했다. 나머지는 자연스럽게 따라오도록 했다. 그러다 보니 어떤 주제든 긴장하지 않고 잘 풀어나갔다. 물론 주제는 대단히 중요하다. 주제가 없으면 어떤 글도 쓸 수 없고, 어떤 강의도 하지 못한다. 하지만 최선을 다해 준비한 내용을 제대로 전달할 능력이 없으면 빛 좋은 개살구일 뿐이다.

글쓰기는 생각처럼 멋진 일이 아니다. 열정은 잠시뿐이고 나머지는 힘겨운 작업의 연속이다. 길고 긴 자신과의 싸움이다. 우리는 지금까지 좋은 글을 어떻게 써야 하는지 배웠다. 좋은 글은 한 번에 쓰기 어렵다. 여러 번 보면서 깎고 다듬어야 한다. 쉬지 않고 꾸준히 연습하다 보면 깎고 다듬는 시간이 줄어든다. 좋은 글을 쓰는 최고의 방법이다. 이 밖에 다른 방법이 있다고 떠드는 사람의 말을 들어서는 안 된다.

좋은 생각만 있고 글 다운 글을 써보지 않았다면 글을 쓰는 단계에서 실망할 확률이 높다. 구슬이 서 말이라도 꿰어야 보배다. 그러므로 문장 실력을 키우는 일이 먼저다. 글을 제대로 쓸 줄 알면 평범한 주제로도 얼마든지 좋은 글을 쓴다. 반대로 글을 쓸 줄 모르면 훌륭한 주제를 생각해 내도 그저 그런 평범한 글을 쓴다. 기본기를 제대로 갈고닦은 사람이 내뿜는 자신감이야말로 진정한 자신감이다. 주제와 소재에 관한 이야기를 뒤에 둔 이유다.

어떤 재료든 요리할 준비가 끝났다면 다음 할 일은 어떤 요리를 할 것인가 고민하는 일이다. 그리고 할 요리를 정했다면 재료를 모아야 한다. 지금부터 요리를 정하고 요리에 맞는 재료를 어떻게 구할 것인지에 대해 알아보자.

〈오래 하는 힘〉 어떻게 썼나?

〈오래 하는 힘〉을 어떻게 쓰기 시작했는지 궁금해하는 사람이 많다. 그도 그럴 것이 나는 〈오래 하는 힘〉이 나오기 전까지 책을 쓴 적이 없다. 책 쓰기 교실이라든가 글쓰기 학원 같은 곳은 구경조차 하지 못했다. 사실 그런 곳이 있는 줄도 몰랐다. 그런데 어떻게 책을 썼을까? '당신 역시 주제만 신경 쓰고 문장에 대해서는 아무것도 몰랐던 사람 아니냐?'고 말하는 사람도 있을지 모르겠다. 오해하지 말기 바란다. 배운 적도 없고 타고난 재능도 없는 사람이 책을 쓴 이유는 딱 하나다. 피나는 노력이다.

나는 〈오래 하는 힘〉을 쓰기 전부터 엄청난 양의 습작을 해왔다. 세상에 빛을 보지 못한 나만의 이야기가 지금 이 글을 쓰고 있는 노트북 안에 잠들어 있다. 기나긴 습작의 과정이 없었더라면 〈오래 하는 힘〉은 세상에 나오지 못했다. 어쩌면 책 쓸 생각조차 하지 않았을지도 모른다. 회사에서 일하는 시간을 빼면 쓰고 읽고 고치는 일이 삶의 전부였다. 쓰고 싶은 열망으로 쉬지 않고 썼던 지난날의 노력이 나를 작가로 만들어

주었다.

〈오래 하는 힘〉은 어떻게 세상에 나왔을까? 이 책의 주제를 어떻게 생각해 냈을까? 결론부터 이야기하면 이 책의 출발은 '나'였다. 오래 하지 못했던 내 삶이 시작이었다. 그 당시 머릿속에는 '왜 오래 하지 못할까'라는 생각으로 가득했다. 성격을 고치지 못하면 비참하게 살아야 할지도 모른다는 두려움으로 하루하루를 보냈다. 그러던 어느 날 친구를 만났고 친구의 말 한마디로 모든 게 시작되었다. '넌 여전히 밥을 빨리 먹는구나'

그 길로 서점으로 달려갔다. 급한 성격을 고치는 방법을 찾으려고 뒤지고 또 뒤졌다. 하지만 내게 딱 맞는 책을 찾지 못했다. 그렇게 몇 시간을 헤매고 있을 즈음 뇌에 관한 책이 눈에 들어왔다. 그때 무언가 '띵' 하고 스쳐 지나갔다. '어떻게 해야 하는가?'를 찾지 말고 '왜 그렇게 되었는가?'를 고민해야 한다는 생각이 나를 사로잡았다. 원인이 있어야 결과가 있다. 결과를 바꾸려면 원인을 알아야 한다. 질병을 생각하면 이해하기 쉽다. 원인을 알면 치료제 개발은 시간문제다. 반대로 원인을 모르면 영원히 고치지 못한다. 증세만 완화시킬 따름이다. 어쨌든 그때부터 뇌에 관한 책을 사거나 도서관에서 빌려 읽었다. 미친 듯이 읽고 또 읽었다.

그냥 읽기만 하지 않았다. 밑줄을 긋고 필요한 부분을 분야별로 발췌하여 파일로 나누어 보관했다. 필요할 때 쉽게 찾아보기 위해서였다. 전문 용어도 많고 의견이 갈리는 부분도 많았다. 전문용어는 그때그때 인터넷을 뒤지며 깨우쳤다. 주장이 다를 때는 책에 직접 적어서 비교하기 쉽도록 했다. 사실 이때만 해도 책을 쓰겠다고 생각하지 않았다. 내가 바뀌어야 한다는 생각뿐이었다. 그런데 자료가 쌓이고 지식이 늘자 가슴속에서 뭔가가 꿈틀거렸다. 여러 사람과 공유하고 싶어졌다. 책으로 만들면 어떨까 하는 생각이 들었다.

막상 책을 쓰려고 하니 두려웠다. 글 쓰는 것보다 오래 하지 못했던 나 자신 때문이었다. 포기하지 않을까 걱정이 앞섰다. 어떻게 해야 오래 하는지 깨달았지만, 시간이 필요했다. 마음을 가다듬고 조용히 나만의 시간을 가졌다. 머릿속으로 쉬지 않고 내용을 다듬고 또 다듬었다. 오로지 머리로만 하는 작업이었다. 서두르면 알맹이 없는 겉치레만 늘어놓을지도 몰랐다. 며칠 차분한 시간을 보내며 내용을 정리하고 자료를 모았다. 순서를 정하고 목차를 구상했다. 자신이 생겼다. 노트북을 꺼내 전원을 켰다. 한 자 한 자 천천히 글을 써 나갔다. 이번만큼은 포기하지 않을 자신이 있었다. 그리고 1년 후 〈오래 하는 힘〉이 세상에 나왔다.

주제란 무엇인가?

때가 되면 학교에 가야 한다. 일도 해야 하고, 결혼도 해야 한다. 사람이면 누구나 겪는 과정이다. 가끔은 왜 그렇게 살아야 하는지 궁금할 때가 있다. 답은 간단하다. 사람답게 살기 위해서다. 사람은 세상에 태어나 죽을 때까지 세 가지 목적을 이루려고 살아간다. 그렇지 않다면 살아갈 이유가 없다. 그래서 지식, 돈, 배우자 가운데 하나라도 없으면 이상한 눈으로 쳐다본다. 목적 없이 사는 사람을 반길 곳은 없다.

지구에 목적 없이 존재하는 생명체는 없다. 목적은 삶의 이유다. 글 역시 마찬가지다. 목적 없는 글은 존재할 가치가 없다. 어떤 글이든 뚜렷한 목적이 있어야 한다. 글을 쓰려면 목적을 명확하게 세워야 한다. 그 목적은 나침반이자 기준점이며 버팀목이다. 이것이 바로 주제다.

주제를 복잡하고 어렵게 생각하는 사람이 많다. 그렇지 않다. 당신이 말하고 싶은 것이 바로 주제다. 너무 어렵게 생각할 필요는 없다. 말하고자 하는 바가 뚜렷하다면 좋은 글을 쓸 준비가 되었다고 생각해도 좋다. 그런데 어떤 사람은 말하고 싶은 것도 없으면서 글을 쓰려고 한다. 왜 그럴까? 글을 목적이 아닌 수단으로 생각하기 때문이다. 이런 사람이 쓴 글은 무슨 말을 하려고 하는지 분명하지 않을뿐더러 진정성이 없다. 이런 글은 쓰지 말아야 한다. 배설물에 지나지 않는다. 글은 목적이 되어야 한다. 수단이 되어서는 안 된다.

음식을 하려면 무엇을 만들지 생각해야 한다. 서양 요리를 할지, 중국요리를 할지, 아니면 전통 한국 요리를 할지 정해야 한다. 그렇지 않고 무작정 마트에 가서 사 온 재료는 버릴 때 말고는 냉장고에서 나올 일이 없다. 글을 쓰기 전에 왜 쓰려고 하는지 물어야 한다. 답을 찾지 못했다면 글을 써서는 안 된다.

중국요리를 선택했다면 자장면을 만들지, 짬뽕을 만들지, 볶음밥을 만들지 정해야 한다. 범위를 좁혀야 이것저것 사지 않는다. 좋은 생각 하나가 떠오르면 꼬리를 물고 많은 생각이 따라오기 마련이다. 좋은 일이다. 하지만 하고 싶은 말이 많으면 이야기는 산으로 간다. 하고 싶은 말이 없는데 억지로 글을 쓰는 것도 문제지만 하고 싶은 말이 너무 많아도 문제다. 그래서 범위를 좁혀야 한다.

먼저 머릿속에 떠오르는 생각을 놓치지 말고 모두 기록하자. 다음으로 생각을 다듬어 글자 수를 줄이자. 단어 몇 개나 짧은 문장으로 정리할 때까지 다듬어야 한다. 짧게 표현할 수 있어야 명확한 글을 쓸 쓴다. 다음의 예를 보자.

용감한 돈키호테 상상조차 못 해본 굉장한 풍차의 모험에서 거둔

대단한 결과와 유쾌하게 기억할 만한 사건에 대하여

어떤가? 세르반테스의 〈돈키호테〉에 실제로 나오는 소제목이다. 세르반테스는 용감한 돈키호테와 풍차가 싸우는 모습을 떠올리며 이러한 제목을 썼다. 둘이 뒤엉켜 싸우는 모습을 유쾌하게 표현하고 싶다는 생각을 했음이 분명하다. 그래서 이렇게 길고 긴 제목을 골랐다. 하지만 그럴듯해 보이긴 해도 세르반테스가 말하려고 하는 것이 무엇인지 명확하지 않다. 용감한 돈키호테? 상상조차 못 해 본 풍차와의 싸움? 돈키호테의 엉뚱함? 유쾌한 사건? '주제'라는 측면에서 보면 바람직하지 않다.

만약 당신이 돈키호테의 용감함을 그리고 싶다면 '용감한 돈키호테 풍차와 싸우다' 정도면 충분하고, 돈키호테의 엉뚱함을 알리고 싶다면 '돈키호테 풍차를 적으로 착각하다'가 더 명확하다. 유쾌함에 주목하고 싶다면 '돈키호테와 풍차의 웃지 못할 한판 대결'이면 어떨까? 당신도 고민해 보기 바란다. 주제는 최대한 간략한 단어나 짧은 문장으로 만들어야 한다. 그래야 길을 잃지 않고 명확한 글을 쓴다. 독자 역시 무슨 말을 하려고 하는지 쉽게 이해한다.

주제란 무엇인가? 글쓴이가 하고 싶은 말이다. 주제에서 벗어나지 않고 정확하게 전달하려면 어떻게 해야 할까? 주제의 범위를 좁혀야 한다. 짧고 명확하게 정의 내려야 한다. 모호한 주제나 너무 많은 생각이 담긴 주제를 골라 글을 쓰면 문장도 글도 쓸데없이 길어진다. 글이 장황하면 주제를 이해하기 어렵다. 글은 전달이 생명이다.

주제 잡기 전략

쓸 말이 없는 데 억지로 쓰려는 사람이 있다. 잘 알지도 못하는 주제를 주워 삼키려는 사람이 있다. 아무거나 먹는 사람은 소화불량에 걸리기 마련이다. 좋은 글을 쓰려면 어떻게 해야 할까? 내가 가장 잘 아는 주제로 써야 한다. 좋은 주제는 나로부터 시작하는 주제다.

좋은 주제는 내 이야기다. 내 이야기는 독창적이다. 〈오래 하는 힘〉을 쓰면서 혹시 비슷한 주제로 글을 쓴 사람이 있는지 찾아보았다. 역시 찾지 못했다. 왜 못 찾았을까? '나'에서 시작했기 때문이다. 나는 무엇이든 오래 하지 못했다. 그래서 고치고 싶었다. 여기서 출발했다.

〈오래 하는 힘〉이 내 얘기가 아니었다면 책으로 나오기 힘들었다. 뇌에 관해 아무것도 몰랐던 사람이 뇌에 관해 이야기할 수 있었던 이유는 내 문제가 뇌에 있고, 오직 그 길만이 나를 바꾸는 유일한 길임을 절실하게 느꼈기 때문이다.

나와 전혀 상관없는 주제로 글을 쓰는 사람이 많다. 바람직하지 않다. 그런 글에 진실을 담기란 어렵다. 마음에서 우러

나오지 않은 글로 남을 설득하려 해서는 안 된다. 독자도 그런 글은 금방 알아차린다. 더 큰 문제는 몇 달 혹은 일 년에 몇 권의 책을 썼다고 자랑하는 사람이다. 더 나아가 당신도 그렇게 할 수 있다고 부채질한다. 터무니없는 이야기다. 이런 사람이 쓴 책은 같은 주제를 살짝 비틀거나 잘 알지도 못하면서 잠시 유행하는 주제를 이 책, 저 책에서 골라 짜깁기한 것에 불과하다. 글 어디에도 진정성 있는 자기만의 주장은 없다.

좋은 글은 하루아침에 '뚝딱'하고 나오지 않는다. 자료를 모으고 자기만의 생각을 다듬어 녹이려면 얼마의 시간이 필요할지 가늠하기조차 어렵다. 게다가 글을 고치고 다듬는 과정이 더해지면 몇 달 만에 혹은 일 년에 몇 권의 책을 쓴다는 것은 어림도 없다. 더구나 자기가 직접 경험하지 못한 일이나 지식을 글로 쓴다고 생각하면 그 기간은 훨씬 더 늘어나야 정상이다. 그런데 몇 달 혹은 일 년 만에 몇 권의 책을 썼다고 자랑한다. 그다지 자랑할 만한 일이 아니다.

'나'에서 시작하는 일이 무엇인지 고민할 때 주제 선택에 진정성이 생긴다. 지금 당장 노트 한 권을 준비하라. 거기에 자기 자신에게 질문을 던져라. 질문은 많으면 많을수록 좋다. 예를 들면 이런 식이다.

- **내가 제일 잘 아는 것은 무엇인가?**
- **내가 제일 잘하는 것은 무엇인가?**
- **내 관심사는 무엇인가?**

- 내 취미는 무엇인가?
- 지금 내가 겪고 있는 어려움은 무엇인가?
- 나를 힘들게 하는 것은 무엇인가?
- 가장 고치고 싶은 것은 무엇인가?
- 어떻게 하면 나를 바꿀까?
- 어떤 분야의 책이 좋은가?
- 어떤 장르의 영화를 좋아하는가?
- 살면서 가장 기억에 남았던 일은 무엇인가?
- 나와 맞지 않는 사람들의 공통점은 무엇인가?
- 나와 잘 맞는 사람들의 공통점은 무엇인가?
- 나는 어떤 사람인가?
- 내가 좋아하는 요리는 무엇인가?
- 내가 주로 가는 여행지는 어디인가?
- 지금 하는 일은 무엇인가?
- 내가 하는 일의 특징은 무엇인가?
- 내가 하는 일을 좀 더 발전시킬 방법은 없는가?

아인슈타인은 특허사무소에서 일했다. 그의 첫 논문은 그곳에서 탄생했다. 놀라운 점은 특허사무소에서 그가 맡았던 일이 논문에 중요한 아이디어를 제공했다는 사실이다. 특허 신청을 하려고 수많은 사람이 보내온 신청서에는 아인슈타인에게 도움이 되는 내용이 많았다. 그는 신청서를 보며 자기 이론을 뒷받침할만한 사고실험의 힌트를 얻었다.

자기 주위에서 일어나는 자그마한 변화에 귀 기울이기 바란다. 너무 먼 곳을 바라보려 하지 마라. 자기에게 또는 가까이에서 일어나는 일을 주의 깊게 관찰하고 연구해야 한다. 그렇게 연구해서 발견한 주제야말로 진정한 주제다. 그리고 독창적인 글이 될 확률도 높다. 오래 하는 힘을 뇌와 연관 지어 생각한 사람은 내가 처음이었다. 〈오래 하는 힘〉이 세상에 나올 수 있었던 이유다.

해마다 500회 이상 강연하며 많은 사람의 가슴을 울리는 작가가 있다. 바로 김창옥이다. 김창옥의 어린 시절은 불우했다. 어려움을 딛고 어느 정도 자리를 잡아갈 무렵 그는 자신에게 물었다. "행복을 느낀 지 얼마나 되었지?" "나다운 삶은 무엇일까?" "내 인생의 최고의 가치는 무엇인가?" "나는 어떤 삶을 살고 싶은가?" 이런 끝없는 물음이 지금의 그를 만들었다. 그는 강의에서 자기 자신의 이야기를 많이 한다. 강의할 때마다 많은 사람이 몰리는 이유다. 진정성 있는 글이나 강연은 언제나 환영받는다.

소재 발굴 전략

좋은 주제를 찾았으면 좋은 글을 써야 한다. 그러나 쉽지 않다. 예를 들어 '어떻게 하면 오래 할까?'라는 멋진 주제를 찾았다고 가정하자. 이 주제를 가지고 리포트를 쓰거나 책으로 만들어야 한다. 어떻게 시작해야 할까? 막막하다. 한 문장으로 표현하는 것과 이야기를 꾸미는 일은 전혀 다른 문제다.

구성에 관해 고민해야 할 시간이다. 구성이란 우리가 잘 아는 서론, 본론, 결론이다. 다시 말해 글의 뼈대다. 집을 지으려면 구조물부터 세워야 한다. 그래야 튼튼한 집을 짓는다. 글도 마찬가지다. 튼튼한 뼈대가 있어야 흔들리지 않고 좋은 글을 쓴다. 좋은 뼈대를 세우려면 어떻게 해야 할까? 먼저 뼈대로 쓸 좋은 재료를 구해야 한다. 글로 치면 글감이다. 좋은 글감을 모아 뼈대를 세워야 한다. 이 과정은 문장력을 닦는 일과 함께 가장 중요하다.

볶음밥을 먹기로 했다면 볶음밥 재료를 사 와야 한다. 요리사가 마트나 시장에 가서 재료를 구하듯이 글 쓰는 사람도 재료를 구할 마땅한 장소가 있어야 한다. 그 장소는 어디일까?

그렇다. 서점이나 도서관처럼 책이 있는 곳이다. 요리사가 시장에 가듯이 글 쓰는 사람은 책을 가까이해야 한다. 책을 싫어하는 사람이 글을 쓰려고 하는 것은, 요리사가 재료 없이 음식을 만들려고 하는 것과 같이 어리석은 일이다. 송나라 시인 구양수는 학문하는 사람이라면 다독, 다작, 다상량의 '삼다'를 으뜸으로 여겨야 한다고 말했다. 다시 말해서 많이 읽고, 많이 쓰고, 많이 생각하란 뜻이다. 이 세 가지는 글쓰기에서 기본 중의 기본이다. 천 년이 지난 지금도 이름 있는 작가나 글쓰기를 가르치는 강사들이 강조할 정도로 변하지 않는 진리다.

요리와 글쓰기는 비슷하면서도 다르다. 요리는 답이 있는 수학 문제처럼 주제가 정해지면 재료도 정해진다. 답이 나와 있다. 하지만 글은 다르다. 주제가 정해졌다고 해도 어떤 재료를 얼마큼 준비해야 하는지 정해진 답이 없다. 글쓰기가 어려운 이유다. 많이 읽으면 많이 읽을수록 좋겠지만, 많이 읽는다고 글이 저절로 써지는 것은 아니다. 쓰고자 하는 주제가 정해졌다면 책도 전략적으로 읽어야 한다. 정답이 없기에 여기서는 내 경험을 바탕으로 말하겠다.

어떤 주제든 그와 관련한 책을 찾아보면 적어도 수십 권 이상 나온다. 이 많은 책을 꼼꼼히 모두 읽기란 어렵다. 시간 제약이 없고, 글 하나에 심혈을 기울일 준비가 되었다면 가장 좋은 방법이지만 현실적으로 어려운 일이다. 한정된 시간을 잘 활용해야 한다.

먼저 기본서가 될 만한 책 3~4권을 정하자. 어떻게 정할까? 책의 목차나 머리말 그리고 간단한 책 소개를 참고하여 전체를 가볍게 훑어본다. 몇 번 하다 보면 어떤 책을 골라야 하는지 요령이 생긴다. 이런 방법으로 주제와 잘 어울릴 만한 책을 3~4권 정한다. 이렇게 고른 책이 '기본서'가 된다. 기본서는 반드시 정독해야 한다. 최소 두 번은 읽어야 한다. 시간이 허락한다면 그 이상도 좋다. 완벽하게 소화해야 한다. 다음으로 필요한 책들을 골라 읽는다. 이 책들은 일명 '참고서'다. 참고서를 고를 때는 먼저 목차를 살핀다. 목차를 보며 필요한 부분만 골라 반복해서 읽는다. 쉽게 말해 발췌 독서다. 발췌 독서를 하다가 내용이 좋으면 정독으로 전환한다. 발췌 독서는 정해진 양이 없다. 그때그때 수시로 해야 한다. 〈오래 하는 힘〉을 쓸 때 기본서가 5권이었다. 모두 3번 이상 정독했으며 어려운 책은 횟수 제한 없이 계속 읽었다. 참고서는 기억하기 힘들 정도로 많았다. 100권 가까이 될 듯하다.

책 읽을 때 반드시 해야 할 일이 있다. 글을 쓰려고 생각하지 않았을 때 나는 책을 읽으며 인상 깊은 구절이 나오면 밑줄을 그었다. 그런데 썩 좋은 방법이 아니다. 책도 지저분해지고 다시 읽을 때 밑줄 친 부분만 보게 된다. 밑줄이 오히려 주의를 흐트러뜨린다. 그것보다는 직접 타자로 옮겨 적는 방법이 좋다. 중요한 부분을 페이지와 함께 옮겨 적는다. 이렇게 하면 책도 깨끗하고, 분류하기도 쉬우며, 덩달아 글 쓰는 훈련도 된다. 도랑 치고 가재 잡는 격이다. 나는 이런 식으로 옮겨 적은 글을 주제나 구성에 맞게 분류하여 보관했다. 필요한 부분만 찾아야 할 때 시간을 절약해서 좋고, 무엇보다 글의 뼈대를 세우는 데 큰 도움이 된다.

옮겨 적을 때 꼭 해야 할 일이 있다. 옮겨 적은 내용을 어떻게 활용할 것인지, 내 생각은 어떤지 자세하게 적어 놓아야 한다. 예를 들면 나는 아인슈타인에 관한 책을 읽다가 눈에 띄는 내용을 옮기며 개인 의견을 함께 적어 두었다.

'실험보다 이론에 더 재능이 많았던 아인슈타인은 "연구자들이 곧바로 이 논문에서 제시한 열 이론에 매우 중요한 문제를 해결할 수 있기를 바란다"라는 매력적인 요청으로 자신의 논문을 마무리했다.(아인슈타인은 데이비드 흄의 경험주의 철학의 신봉자였다. 이성만으로 자연을 바라보는 관점을 부정했다. 그러나 누구보다 이성에 의존한 물리학자가 바로 아인슈타인이었다. - 개인 의견)'

또한 책마다 의견이 다를 때도 있는데 이런 사항도 꼼꼼하게 기록해 두어야 한다. 교차 검증은 글의 허술함을 막아주는 좋은 방법이다. 어려운 용어가 나오면 인터넷이나 사전을 참고하여 적어두는 것도 잊지 말자. 나는 이렇게 정리한 문서를 출력해서 파일로 만들었다. 개인용 컴퓨터는 휴대하기 불편하고 아무 데서나 꺼내 보기도 만만치 않다. 그래서 어디서든 꺼내 읽기 쉽도록 파일로 만들었다. 틈틈이 읽으며 글을 어떻게 구성할지 고민했다.

글 쓰는 시간보다 글감을 모으고 분류하는 과정은 더 오래 걸린다. 당연한 일이다. 글을 쉽게 쓰려는 사람은 이해하지 못하지만, 좋은 글은 치열한 연구와 깊은 사고과정을 거쳐 탄생한다. 이런 글은 깊은 울림을 주며 모두에게 사랑받는다. 따라서 이 과정을 즐거워하느냐 아니면 귀찮아하느냐에 따라 글의 무게가 달라지고, 질이 달라진다.

여기서 주의할 점은 기간을 정해두어야 한다는 사실이다. 1년이면 1년 6개월이면 6개월 기간을 두고 일을 끝마쳐야 한다. 이후로는 글을 쓰면서 보충해 나가야 한다. 자료 조사는 글 쓰는 단계에서도 계속 필요하기 때문이다.

중요한 하나가 빠졌다. '다상량'이다. 책을 열심히 읽되 사고과정이 빠져서는 안 된다. 자기 생각이 반드시 투영되어야 한다. 어떻게 자기 것으로 만들어 글로 녹여낼지 고민하면서 독서를 해야 한다. 옮겨 적을 때 자기 생각을 함께 적어야 하는 이유다. 또한, 주제와 어떻게 연결할 것인지에 대해 끊임없이 고민해야 한다. 책을 열심히 읽다 보면 책 속에 빠져 허우적거린다. 이 순간을 조심해야 한다. 내가 왜 책을 읽는지 잊지 말아야 한다. 주제를 커다란 종이에 적어 보기 좋은 곳에 붙여 두고 수시로 확인하면서 책을 읽어야 한다. 영국의 정치가이자 사상가인 에드먼드 버크는 다음과 같이 말했다.

"독서를 하고 생각하지 않는 것은 식사하고 소화를 시키지 않는 것과 같다."

뼈대 세우기

이제 뼈대를 세울 차례다. 책을 읽으며 쓸 만한 글감을 찾았다면 글감을 정리해야 한다. 앞에서 말한 대로 내가 옮겨 적은 글들을 주제나 내용별로 분류하여 보관한 이유는 바로 뼈대를 제대로 세우기 위함이었다. 그렇다면 어떻게 뼈대를 세워야 할까? 무려 2400년 전 우리와 똑같은 고민을 한 사람이 있었다. 바로 아리스토텔레스다. 그는 서론, 본론, 결론의 삼단 구성을 단순하다는 이유로 좋아하지 않았다. 그래서 한 걸음 더 나아갔다. 아리스토텔레스는 4단 구성을 강조했다. 시작 - 진술 - 논증 - 맺음이다. 하버드 대학에서도 이 방식으로 글쓰기를 가르친다. 그뿐이 아니다. 많은 글쓰기 책 역시 아리스토텔레스의 4단 구성을 따르라고 조언한다. 그렇다면 우리 역시 마다할 이유가 없다.

아리스토텔레스의 4단 구성은 장르에 따라 달라진다. 예를 들어 논설문이나 설명문처럼 남을 설득하거나 자기주장을 펼쳐야 하는 실용적 글쓰기는 의견 제시—이유와 근거—사례—결론으로 이루어진다. 반면에 소설과 같은 문학적 글쓰기는 발단—갈등—절정—결말로 이루어진다. 두 장르의 뚜렷한 차이는 주장(주제)이 어디에 오느냐다.

실용적 글쓰기는 주장이 먼저 나온다. 결론을 앞에 두면 길을 잃지 않는다. 논리적인 글은 길을 잃으면 끝이다. 독자는 얼마 읽지 않고 책을 덮는다. 따라서 실용적인 글을 쓰려면 주장을 먼저 밝혀야 한다. 그래야 독자가 헤매지 않는다. 이러한 방식을 '두괄식'이라고 부른다. 비슷한 구성으로 '양괄식'이 있다. 양괄식은 결말 부분에 다시 한번 주장을 강조한다. 나는 양괄식 구성이 제일 바람직하다고 생각한다.

소설은 주장이 끝에 나온다. 당연하다. 결말을 알면 누가 소설을 읽겠는가? 하지만 결말이 먼저 등장하는 소설도 있다. 추리 소설이 그렇다. 추리 소설은 사건이 발생하고 거꾸로 그 사건을 풀어나가면서 이야기를 펼쳐 나간다. 실용적인 글도 두괄식만 있는 것은 아니다. 사례나 근거를 먼저 이야기하고 주장을 마지막으로 돌리기도 한다. 이를 '미괄식'이라고 부른다. 주제가 그렇게 깊지 않다면 이 방법도 괜찮다. 독자의 호기심을 자극해 끝까지 읽도록 한다. 하지만 초보자라면 의견 제시—이유와 근거—사례—결론(해법 제시 및 의견 재강조)의 틀에 맞추어 쓰도록 하자.

에세이 역시 이 흐름에 잘 맞는다. 자기에게 벌어진 일의 결론을 먼저 이야기한 다음 왜 그런 일이 생겼는지 아니면 왜 그렇게 느꼈는지 풀어나가면 글이 길어지거나 산만해지지 않는다. 결론이 나중에 등장하면 가는 길이 복잡해진다. 소설은 그래도 상관없지만 에세이나 실용문은 간결해야 한다. 그래야 독자의 시선을 사로잡는다.

의견 제시—이유와 근거—사례—결론(해법 제시 및 의견 재강조)의 틀로 글을 쓰려면 어떻게 해야 하는지 예를 들어보겠다. 작가 A가 있다. A는 오랜 시간 속담을 연구 조사했다. 많은 속담 가운데 하나를 글로 쓰려고 한다. 그는 '낮말은 새가 듣고 밤말은 쥐가 듣는다'를 주제로 정했다. A는 4단 구성으로 이야기 틀을 짰다.

- **의견 제시—말을 함부로 해서는 안 된다.**
- **이유와 근거—말을 함부로 하면 좋지 않은 일이 생기고 불행해지기 때문이다.**
- **사례—말실수로 불행한 일을 당한 역사적 인물이나 유명인 그리고 직접 경험한 일을 제시**
- **결론—말할 때 심사숙고하고 되도록 적게 말하려고 노력해야 한다.**

A는 이 틀에 맞추어 자신이 조사한 재료를 분류하고 배치하여 글을 쓰기 시작했다. 뼈대가 세워지면 살을 붙이는 일은 어렵지 않다. 멋진 뼈대를 세워 자기만의 멋진 글을 쓰기 바란다.

〈오래 하는 힘〉을 이러한 방식으로 쓰지 않았다는 점에 대해 고백해야겠다. 아쉽지만 내가 〈오래 하는 힘〉을 쓸 때 아리스토텔레스의 구성 방식은 머릿속에 없었다. 오래 하려면 어떻게 해야 하는가? 그리고 뇌는 어떻게 작동하는가? 만이 머릿속을 가득 메웠다. 좀 더 체계적인 틀을 사용해 이해하기 쉬운 방식으로 전달할 기회를 놓친 것은 지금 생각해도 안타깝다. 이제 끝났다. 할 말은 다했다. 더 많은 이야깃거리가 머릿속에 있지만, 이 책에서 밝히려고 했던 이야기는 다 했다. 다시 한번 말하지만 할 말을 다했으면 펜을 놓아야 한다. 열심히 따라와 줘서 고맙다. 이 책이 당신의 글쓰기 인생에 자그마한 보탬이 되기를 진심으로 바란다.

"단순함이란 궁극의 정교함이다."

—레오나르도 다빈치

실전 연습 풀이 비교해 보기

실전 연습 문제 1 풀이

지난날을 돌아보고 마음을 가다듬으려고 산에 올랐다. 몸이 약해져서 그런지 힘들었다. 1년 전까지 매주 산에 갔는데 요즘은 바빠서 그러지 못했다. 내 몸은 가장 소중하다. 그동안 너무 신경 쓰지 못했다. 뭔가 제대로 해보지 못하고 보낸 1년이 아까웠다. 올해는 앞만 보지 말고 주변도 살피는 여유를 가져야겠다. 산에서 내려오다 다람쥐가 도토리 먹는 모습을 보았다. 너무 귀여워 사진을 찍었다. 아들에게 보여줘야겠다. 산 아래 나무 의자에 앉아 기다리던 아내가 나를 보며 손을 흔들었다. 우리는 두 손을 꼭 잡고 집으로 갔다.

실전 연습 문제 2 풀이

성공이란 무엇일까요? 성공하려면 어떻게 해야 하는지 알아보도록 하겠습니다. 성공은 쉽게 다가오지 않습니다. 끊임없는 노력을 기울여야 합니다. 하지만 아무리 노력해도 뛰어넘기 힘든 존재가 있습니다. 바로 시간입니다. 돈이 아무리 많아도, 재능이 아무리 뛰어나도 시간을 이기지 못합니다. 그렇다면 어떻게 해야 할까요? 시간을 잘 써야 합니다. 생각 없이 써서는 안 됩니다. 계획을 세워 생활해야 합니다. 게을러서도 안 됩니다. 부지런히 움직여야 합니다. 시간을 지배하지 못한 사람은 성공하지 못했습니다. 시간은 멈추지 않습니다. 계속 흘러갑니다. 소파에 누워 TV만 보는 사람에게 성공은 찾아오지 않습니다. 오늘부터 시간을 잘 쓰려면 어떻게 해야 하는지 고민해 보시기 바랍니다.

실전 연습 문제 3 풀이

노인은 많은 사람이 모인 광장 옆을 지났다. 이야기하던 몇몇 사람이 노인을 쳐다보았다. 그는 조용하고 그늘진 의자에 앉았다. 어디서 다쳤는지 한 손을 부자연스럽게 떨었다. 노인은 주머니에서 사진 한 장을 꺼냈다. 어여쁜 소녀가 활짝 웃는 사진이었다. 젊은 시절 노인은 열심히 일했다. 하지만 가난을 벗어나지 못했다. 아내마저 죽자 어린 딸을 혼자 키워야 했다. 그는 지쳐 갔다. 삶을 포기하고 싶었다. 하지만 끈질기게 버텼다. 어린 딸 때문이었다. 딸에게 좋은 아빠가 되려고 노력했다. 그러던 어느 날 불행이 닥쳤다. 믿었던 친구에게 사기를 당했다. 이름을 빌려준 것이 잘못이었다. 친구는 그의 이름으로 돈을 빌렸고 이후 모습을 감췄다. 노인은 술로 하루하루를 보냈다. 보다 못한 여동생이 찾아와 딸을 데려갔다. 그나마 다행스러운 일이었다. 얼마 후 정신을 차린 노인은 동생이 빌려준 돈으로 가게를 차렸다. 하지만 운은 노인 편이 아니었다. 장사가 잘 되자 노름에 빠졌다. 번 돈을 다 잃고 거리로 내몰렸다. 그렇게 동생과 딸 모두와 연락이 끊기고 말았다. 그는 혼자 남았다. 도와줄 사람은 아무도 없었다. 사진 위로 눈물이 떨어졌다. 웃는 딸을 보며 노인은 울고 또 울었다. 사진을 주머니에 다시 넣은 노인은 하늘을 쳐다보았다. 파란 하늘과 흰 구름이 한없이 평화로워 보였다.

실전 연습 문제 4 풀이

나는 마음을 솔직하게 표현하지 못하는 성격이었다. 소심해서 잘하는 일도 없었다. 이렇게 살아서는 안 된다고 생각했다. 그래서 운동을 하기로 했다. 생각도 바꾸기로 했다. 뜻대로 잘되지 않았지만 물러서지 않았다. 여기서 물러서면 아무것도 이루지 못한다. 몇 달이 지나자 자신감이 생겼다. 다른 사람은 내게 관심이 없다. 내가 그렇게 느꼈을 뿐이다. 이제는 자신 있게 행동한다. 표현도 더 잘한다. 사람도 많이 만나려고 한다. 꾸준함이 중요하다. 계속 노력해야 한다.

실전 연습 문제 5 풀이

영화 〈대부〉는 마피아의 권력 다툼과 가족의 우정과 배신 그리고 음모를 영상에 담은 세계 최고의 영화다. 마리오 푸조의 소설 〈대부〉를 바탕으로 제작했다. 40대에 들어선 말론 브랜도의 성숙한 연기가 볼만하다. 알 파치노와 로버트 드니로의 신인 시절 모습을 보는 것도 즐겁다. 총 3편으로 제작한 영화 〈대부〉는 아카데미 시상식에서 작품상, 감독상, 남우주연상, 남우조연상, 각색상, 음악상을 비롯한 많은 상을 받았다. 알파치노와 로버트 드니로는 〈대부〉로 스타가 되었다. 몇몇 조연들도 〈대부〉 이후 영화계의 주요인물로 떠올랐다. 프랜시스 포드 코폴라 감독은 이 영화로 할리우드 최고의 감독이 되었다. 이후 〈지옥의 묵시록〉과 같은 묵직한 영화를 만들기도 했다. 〈대부〉는 역사상 가장 훌륭한 영화다. 앞으로도 이러한 평가는 변함없을 것이다.